GAMERS 電玩咖！

電玩咖與接吻DEAD END

7

Sekina Aoi

葵せきな

Kadokawa Fantastic Novels

彩頁、內文插畫／仙人掌

電玩咖與接吻DEAD END

Gamers and kiss of dead end

START

雨野景太與星之守千秋與青春CONTINUE
010

星之守心春與受引導者們
058

電玩咖與行前準備
117

雨野與亞玖璃與致命PARRY
188

後記
277

✖雨野景太與星之守千秋與青春CONTINUE

「景太——我……我——」

秋日的某個夜晚。

在滿天星斗下。

天敵星之守千秋。

朝著有女朋友的我，雨野景太。

「——我好喜歡你。」

紅著臉做出了愛的告白。

…………嗯…………嗯？

「（咦？這、這是怎樣？狀況怎麼變得像隨機分配「何時、何處、何人、對何人、做了何事」來逗樂子的幼兒團康遊戲？太、太莫名其妙了吧。）」

只要一鬆懈，腦袋似乎隨時都會僵掉。但我設法鼓起精神，拚命努力想搞懂這種難以理解的狀況。

「（我要冷靜…………嗯，沒、沒問題，慢慢回想以後，到目前為止的過程本身，姑且都可以掌握。）」

冷靜下來。總之，先逐一確認……好，開始吧。

何時　↓　包含我跟千秋在內的好伙伴們玩了一整天以後的某個秋日夜晚。

何處　↓　彼此都有一點理由晚回家，結果碰巧就孤男寡女在這個約會景點望星廣場獨處了。

何人　↓　身為我的天敵，同時也辨明了是位值得尊敬的創作者……跟我可以算冤家路窄的女生，星之守千秋。

對何人　↓　對在命運捉弄下得以跟天道同學這位校園偶像認真交往的路人型男生，也就是我，雨野景太。

做了何事　↓　做了一番愛的告白。

「（太急轉直下了吧！在「做了何事」這一項。）」

這是怎樣？萬一這個世界有替我們編故事的作者存在，情節編得再草率也要有限度吧。

責任編輯肯定會毫不留情地用紅線劃掉最後一行。

這是怎樣？

我不禁低聲感嘆並用手扶額。

……呃，多、多少還算是有前兆啦。從狀況是可以感受到，千秋有打算向我「表白」些什麼。

可是，我原本還以為千秋要「表白」的內容會跟她的「真面目」有關……

「（畢竟前一刻她才坦承「景太，其實我就是在網路上跟你密切交流的人喔」……）」

假如說千秋還有一件事要表白，我自然會認為那是跟她真面目相關的額外情報……

所以舉例來講，就算千秋突然表明「我是外星人嗶啵嗶啵～～」或「我跟心春是每晚都會狩獵名為『闇獸（Dark Beast）』之獸的超能一族」，那麼反問「真的假的？」的我訝異歸訝異，也不至於恍神到這種地步才對。就算接納不了，我仍有做好「心理準備」要面對拋來的那些話。

豈知道，來到這一步……千秋居然說「她喜歡我」。

再怎麼說，這也太出乎意料了。

好比仰望著天空想來支外野安打，觀眾席那邊就忽然朝自己的側腹發了一招瑜珈之火（註：《快打旋風》的招式）。鬧成這樣可不只是要命而已。

總之我對狀況完全沒辦法消受。然而，話雖如此……

「…………」

「…………」

……我和一直用認真的眼神凝視而來的千秋目光相接。

…………

「（看起來……這並不是可以讓我逃避或者裝傻的狀況耶……）」

對我而言根本是晴天霹靂，但是對千秋來說，恐怕是克服了許多心結才走到這一幕的。

遲鈍如我好歹也明白這一點。

而且正因為我明白這一點……面對她誠摯的心意與行動，便斷然不願草草給予答覆。

…………

「（……嗯…………我想也是……）」

我緩緩低下頭，朝自己的運動鞋鞋尖望了一會兒。

……於是，我總算做出了一項覺悟。

「（……不了解又怎樣？）」

比方說，就算我對這段表白無法「完完全全」地理解。

就算她的心意讓我吃了一驚。

即使如此，我……肯定還是比任何人都更加了解「雨野景太的真實想法」，毋庸置疑。

既然這樣，最起碼在此時此刻，我要全心全意地，回應她才行。

我必須，回報她才行。

…………

「…………………呼～」

我吐了口氣，重新面對千秋。

「………」

在滿天星斗下。

儘管千秋滿臉通紅……不過，她沒有從我面前轉開目光，眼裡還滾沸著強烈意志，實實在在地回望過來。那過人的「堅強」讓我由衷產生敬意，同時——

正因如此，我同樣懷著最高的誠意與率直。

親口對她的告白做出了答覆。

「謝謝妳，還有，對不起。」

我在開口的同時，深深低下頭。

…………我有許多話想說，想問，想確認。

但是到最後，我目前的所有心情都匯集在這句感謝與賠罪。

在千秋准我抬頭之前，我只是一直默默地低頭不起。

她大概會生氣吧；會難過吧；會罵我的應對方式不誠懇吧。

……不過，就算她的反應是當中任何一種。

「（我都要誠摯地當面承受她的心意……因為我能做到的，頂多就這樣而已。）」

「「…………」」

我們倆之間有片刻讓寂靜填滿。接著，經過了感覺也像永恆的十幾秒……

「……請你抬起臉，景太。」

千秋用意外溫柔的嗓音對我搭話，我就緩緩地抬起頭。

於是……我嚥下口水，做出覺悟，戰戰兢兢地看了千秋的表情。

那是出乎意料，簡直毫無陰霾的爽朗笑容。

然後，她一如往常地……用有些不知所措又急吼吼的態度繼續告訴我：

「啊，其實其實！要說對不起的人應該是我喔，景太。我明知你有女朋友，還為了讓自己暢快就對你示愛，實在太自私了！沒錯，問題在我！」

「…………」

千秋還是老樣子，用那種語氣跟我講話。

儘管我一瞬間莫名感到鼻酸……但我硬是忍住以後，立刻露出微笑，還用手抵著腰，努力用平時輕浮的「冤家」立場回應。

「是啊，想想也對。」

「咦，你那樣就釋懷了喔？」

「是啊。倒不如說，實際上在我以往從妳那裡受到的攻擊當中，這大概可以算是最惡質的一招了吧。」

我氣悶地瞪向千秋，她便含淚抗議。

「是、是怎樣！居然把女人真心示愛講成『惡質』！你個性未免太差勁了吧，景太！」

「實際上就是惡質吧。誰教妳要做這種連自己都會受傷的事。」

話說到這裡，我大大地嘆了氣，語帶苦笑地繼續告訴她：

「畢竟說來說去……千秋，我還是滿重視妳的。」

「景太……」

千秋露出有些害羞的模樣。我也不知不覺差點被那種飄飄然的戀愛氛圍吞沒……但是！在那一瞬間，我立刻擺出嚴肅表情，和千秋拉開距離並且伸出手掌拒絕她。

「啊，即、即使我說重視妳，那也是完全把妳『當朋友』來看啦！」

「甩得好澈底！非、非要把話說得那麼絕嗎！」

「那還用問！畢竟我是為了誠心誠意向交往對象，也就是天道同學表示忠貞，才做出這種舉動的！我絕不希望讓她有誤解！」

「你、你的志氣很高尚……但是為我著想一點也不為過吧……」

「所以說，這、這位對我有意思的女同學，能不能請妳別太靠近我！」

「好氣人的拒絕方式！呃，雖然我對你有意思是事實！雖然是事實沒錯！」

我聽了千秋那句反駁，忍不住臉紅地搔了搔頭。

「咦？啊，嗯，那個，呃，謝謝妳，那個，居然看上，像我這種人……」

「咦？不是啦，那個，呃，啊，是的……沒有錯……」

千秋看了我的反應，同樣也變得難為情。

我們倆就這樣默默地低著頭過了一陣子，只顧彼此害臊……

…………啊！怎麼又變成飄飄然的氣氛了，我這個笨傢伙！

「可、可惡的小惡魔！剛才，妳又想動搖我對天道同學的信仰了！」

我急忙拉開距離。千秋眼泛淚光。

「不對不對！示愛後才過了幾秒就被當成惡魔，這是什麼樣的地獄啊！你、你好歹可以把我當成重要的朋友吧，景太！」

「要、要說的話，我也不想傷害妳啊……可是，妳想嘛，我的立場，基本上就是要完全消滅和天道同學敵對的存在……」

「盲信也要有限度啦！就、就算對我這個朋友稍微好一點，也不至於遭天譴啊！」

「又、又來了！妳看，妳又想用那種方式蠱惑我……！」

像這樣，我跟千秋拉開嗓門過招以後，周圍的情侶就「咳咳！」地大聲朝我們清嗓。

「「……啊。」」

扯到現在，我們倆似乎都完全忘記這裡原本是閑靜有氣氛的約會景點了。

我和千秋連忙低頭賠罪：「對不起！」然後兩個人逃也似的匆匆離開現場。

從望星廣場所在的高台趕著走下通往山腳休息站的階梯。

往下走一小段，那裡已是寧靜得感覺不到他人氣息的夜晚的山上。

群樹繁茂的漆黑森林中，只有綿延至山腳的細細階梯朦朧發亮。除了我們以外，沒有其他上下山的人，傳到耳裡的只有蟋蟀的鳴聲，以及枯葉窸窸窣窣的摩擦聲響。

「「…………」」

彷彿讓之前的雞飛狗跳都化為一場空的寂靜。

我們倆察覺到這一點，便不約而同地停下腳步。然後……

「「……呵呵！」」

大概是兩人一舉鬆了口氣的關係，忍不住笑了出來。

霎時間，我覺得從告白到目前這段時間，儘管故作平常，卻仍橫跨在兩人之間的奇妙緊張感終於解除了。

我們倆並肩繼續下階梯。接著，在默默走了一陣子之後……

「……啊～……我問妳喔，千秋，我、我是想姑且當成參考啦……」

「？怎麼了，景太？」

我輕輕搔了臉頰……心想以氣氛而言，要問這個也不成問題，就毅然決然地開口。

「千秋，妳為什麼會喜歡我？」

「唔噗！」

好像不行。千秋像挨了重重一拳，發出噗的一聲。

我連忙打圓場。

「抱、抱歉！我、我曉得啦！連我自己都曉得，這是會讓人覺得『這男的去死算了』的問題喔。可是呢，千秋，我真心不懂自己有什麼理由被妳喜歡……應該說，過程太令人費解了，坦白講我還是很混亂……」

我設法表達自己的想法以後，千秋就一邊用袖子擦嘴角，一邊說著「也、也是啦」繼續說下去：

「的確，對老是跟我吵架的你來說，或許會覺得莫名其妙。呃……因為呢，我是在前陣子知道你的身分以後，才單方面把你放在心上……」

「我的身分……啊，妳是指網路上的交流……」

這麼說來，我跟千秋在現實中確實是勢同水火，但我和〈NOBE〉或〈MONO〉就處得非常好。雖然會被視為異性抱持好感這一點有嚇到我，不過我同樣很重視在網路上深交的那兩人（實際上只有一人）。即使還無法釋懷，要理解是可以的。

「原來如此。」我點點頭，千秋就難為情似的低下頭，像在數階梯那樣掩飾著什麼，又繼續說：

「那、那個那個，景太，話雖如此，網路上的交流並沒有占全部，呃，跟你在現實中聊電玩的時間，對我來說，也是非常寶貴……而且開心……」

「是……是喔……那說起來……還真是榮幸……」

「不、不會……」

忍不住搔起臉頰的我為之沉默……不、不行啦，我不曉得像這種時候該怎麼辦。由於我活著始終就是個規格寒酸的落單男，被人誇獎或青睞時要做反應，根本都沒有聰明的選項能選。感覺簡直像在玩跟其他玩家交流有機能障礙的線上遊戲。

「還、還有還有，景太，我跟你說，我跟你說喔！我之所以會喜歡你！那個那個，其實在製作遊戲的建議方面，也占了不少因素……！」

這時候，千秋似乎有哪條心弦被觸動了，興沖沖地還想說下去。糟糕……要是放著不管，她好像還會繼續聊「喜歡我的理由」。這種騷擾方式未免太創新了。

我大聲地清了清嗓之後，就決定強行打住這個話題。

「我、我懂了啦！嗯，千秋，該怎麼說呢，對於妳喜歡我——不對，呃，那個，對、對於妳中意我的理由，我大致明白了。可以了。」

「是、是嗎？那就好。」

千秋捂胸鬆了口氣。看到她那樣，我忍不住嘀咕：

「哎，跟〈NOBE〉或〈MONO〉之間的交流，當然也是我的心靈支柱，再說跟現實中的妳聊天，其實也讓我覺得很開心……」

「咦……？」

「啊……」

感覺這位千秋小姐臉紅了，還用有所期待的眼神望過來。

我連忙搖頭，和她拉開一步的距離！

「假如妳以為我會卸下心防，那就大錯特錯了～～惡女！」

「景太，你的冷處理會不會太過頭了！就、就算以天道同學的男友而言，你那樣做是對的，但我覺得你的為人正逐漸踏進讓人不忍說的領域！」

「可、可是千秋，妳現在不是一有機會就打算推倒我嗎？」

我摟住自己的身體發抖。千秋頓時滿臉通紅地發飆了！

「才、才沒有！請不要把我想得跟心春一樣！」

「妳那樣吐槽也不太對吧。原來妳是如此看待自己的妹妹……」

「囉、囉嗦！景太，反正你現在是自我意識過剩了！」

「可、可是千秋同學，您對我有好感對吧？」

「你很煩耶！我在戀愛喜劇作品中，都沒有看過告白對象反應這麼煩的案例！你想讓自己身為男人的評價跌落到哪裡啊！」

「話、話是這麼說啦……」

我也承認自己反應過度了……但是，在有交往對象的狀況下，我的「桃花男」經驗值又沒有高到可以靈活因應對我示好的女生。

我大感為難，忍不住停下腳步並搔了搔頭。於是，千秋從低了幾階的地方凝望這樣的我……然後就哀傷地垂下目光。

「……我做的告白，對你來說果然是困擾，對不對……」

「別、別那麼說——」

我不禁反射性地打圓場，腦海裡卻又立刻閃過天道同學的臉，要講的話就停住了……而千秋把頭垂得更低，自嘲般說道：

「……對不起，景太。實際上，自私的是向你告白……被甩掉以後還要求你保持『跟往常一樣』的我。」

「…………」

「所、所以說，短期之內，我要盡量跟同好會保持距離——」

「那、那樣不行！千萬不可以！」

「景、景太？」

千秋對忽然變大聲的我瞠目。而我……我一面用力握拳，一面慢慢走下階梯。

緊接著，我在千秋面前回頭，做了一次深呼吸，然後告訴她：

「……坦白講，能得到妳的青睞，我真的覺得很榮幸。」

「……景太……」

「被告白的時候，我一開口也是用『謝謝妳』來表達感謝吧？那是真心話喔。始終落單的我遇到別人示好……怎麼可能覺得不愉快或困擾呢？我反而要說，沒有比這更讓人高興的話了。」

「可是可是……」

我打斷千秋的反駁，繼續說：

「所以，真正該自律的……並不是妳，而是面對妳的好意，難免就得意自喜過了頭的……我那顆軟弱的心。」

「………不、不過，那到底是因為有我這個第三者向你告白……」

「錯了。」

在跟她交談的過程中，我的心裡總算也整理出答案了。

我用笑容對著千秋……然後，再次明確地做出宣言。

「謝謝妳，千秋。妳的好感實在讓我很高興，還有妳敢於告白的勇氣也讓我由衷敬佩。正因如此……接下來，非由我努力不可。妳絕對不必再忍耐什麼，或失去什麼了！」

千秋聽了我說的話，眼睛漸漸變濕潤。然而，她沒有讓眼淚決堤，而是笑著回答我：

「謝謝你，景太。」

「……不客氣，千秋。」

我們對彼此微笑片刻……接著，兩人就再次並肩走下階梯。

千秋在旁邊揉著眼睛，而我裝成沒看見，還故意說起玩笑話。

「話又說回來，真沒想到我在人生中會有這種像美少女遊戲一樣的際遇。」

「那、那算什麼嘛。把我比成美少女遊戲的女角，可就太讓人寒心了！」

討厭萌的千秋氣呼呼地反駁……嗯，這是往常的千秋。

我也跟著像往常一樣擺出不悅的臉色回嘴：

「千秋小姐，妳那種口氣對美少女遊戲的女角會不會有點失禮？」

「為什麼是我被糾正！是你先做出失禮發言的耶！」

「咦，被叫成美少女遊戲的女角，正常來想很榮幸吧？」

「你是用哪個世界的『正常』來想啊！要不然你被形容成『和乙女遊戲的男角一樣』會高興嗎——」

「挺榮幸的啊。那不是把我當大帥哥了嗎？」

「咦，真的耶！怪了怪了！總、總覺得調性和『美少女遊戲的女角』不太一樣！」

「的確啦，千秋，即使說是美少女遊戲的女角，妳也比較像在FAN DISC才追加劇情線的那種角色。」

「終於把我叫成女配角了嗎！失禮也要有限度啦，景太！」

「可是我告訴妳，這年頭比第一女主角受歡迎的女配角多得很，有部分廠商看準這一點，甚至會從一開始就小施策略，故意把角色性傑出的女配角留給FAN DISC——」

「欸，那算什麼緩頰方式！……啊，景太，難、難道說，你是想暗示我，其實我比天道同學有魅力——」

「沒有，我想講的只是女配角在美少女遊戲也很重要，跟妳本身怎樣當真沒有任何關係。應該說，包含二次元在內，這世上不存在比天道同學更有魅力的女性。妳怎麼會冒出那種不知天高地厚的想法啊？嚇人耶～～」

「冷處理！我就說嘛，景太，你會不會對天道同學愛得太深，對我就冷處理過頭了！」

「但我對天道同學懷有的感情，真的就是發自內心深愛她啊……」

「是要講幾次啦！你想對被甩的女生鞭屍多久才滿意！」

「可是千秋，我覺得妳實際上是個不錯的『女配角』耶。」

「我說過那樣一點都沒有緩頰的效果！你越是叫我『女配角』，只會讓我覺得失禮！」

「呃，千秋，我想妳的口氣對諸位『女配角』還是嫌失禮……」

「煩死了！你這種用美少女遊戲代入思考的男生真的煩死了！」

我們一如往常地針對「萌」展開舌戰。

回神以後，我和千秋看著彼此的表情都放鬆許多了。

這時候，千秋大概是發現了我的用意，就有些害羞地別開目光。

於是我也跟著別開目光……這是個好機會，因此我決定順勢講出有點羞人的真心話。

「……呃，說實在的，千秋……我覺得，像這樣跟妳聊天……怎麼說好呢……感覺並不討厭就是了……」

「……！」

「所、所以說，我是覺得……往後要是也能跟妳輕鬆聊天，那就太好了。」

「……好、好的……」

千秋耳朵變紅，並且微微地點頭。我則是繼續說：

「包含這一點在內，我剛才也講過，關於電玩同好會方面，希望妳能照舊參加……呃，當然了，假如妳願意的話啦。」

「那、那那那當然好啊！我、我還不是一樣……！」

千秋突然起勁地表示同意。對此我姑且安了心，同時卻湧上另一種不安，就搔了搔頭。

「不、不過，事情變成這樣，要怎麼辦呢？」

「？什麼怎麼辦？」

「呃，比方說，千秋……妳真的不排斥嗎？今後還要跟甩了自己的男生……開心地玩耍聊天。總覺得，這樣會不會都是我在占便宜啊……」

「啊，那倒不會。」

千秋立刻用意外乾脆的態度回答。我眨起眼睛，她便繼續說：

「演變成這樣，要說占便宜的話，其實我也是。一度告白失敗，卻依舊可以維持朋友關係，反而是我這邊『賺到了』不是嗎？好比沒有投一百圓就接關了。」

「妳、妳會不會比喻得太輕佻啦？」

「有嗎？可是，不就像我說的那樣嗎？啊，還有還有，要是你以為我今後還會一直把你當異性喜歡，那就大錯特錯了。」

「是、是喔……那、那倒也對。」

「就、就是說啊。」

…………………感覺有陣不可思議的沉默降臨了。

我咳嗽清過嗓以後，接著又說：

「那麼千秋，意思就是妳今後依舊願意和我當朋友，可以嗎？」

「當、當然了！我才要請你多多指教！」

千秋帶著笑容把手伸過來。對此……我就沒有過度抗拒，而是以朋友的立場毅然地回握她的手，做出答覆。

於是當我們再次邁步，稍微往下就看見格外明亮寬廣的空間。那是連接望星廣場與山腳休息站的長長階梯在山腰處所設的平台，還安排了長椅供人休憩，雖然距離較遠看不清楚，不過現在看起來也好像有人坐在那裡。

我望著那幕景象，茫然心想：「或許有點趕不上公車耶～」而沉默下來。這時候，千秋在旁邊似乎有所誤解，就有些尷尬地低嘆。

「啊～……呃，景太……可是，對不起喔。」

「咦？妳是指什麼？」

「那個……雖然我說過會保持和以前一樣，但我想偶爾還是會像現在這樣，出現有點疙瘩的空檔或氣氛喔。」

「…………啊～」

我現在倒沒有那種意思……但我明白千秋想表達什麼了。

她又繼續說：

「不過不過，如果你能容忍這點事就太好了……」

對於千秋這句話，我表示「那當然」並點頭。

「倒不如說，要壓抑到那種地步，反而讓人覺得奇怪。」

「就是啊就是啊。哎，所以說，今後在各方面都要麻煩你保持『自然』了。」

「了解，喜歡我的人。」

「再見了，景太。」

「抱歉千秋，就算妳是宿敵，以後我也不會再用這種方式戲弄妳了！」

「真的要說到做到喔，把對自己有好感的女生留在身邊的人。」

「再見了，千秋。」

「抱歉景太，就算你是宿敵，以後我也不會再用這種方式戲弄你了！」

我們一面像這樣互動，一面笨拙地摸索著今後的友誼關係。

說到這裡，我發現還剩下另一個該檢討的問題。

「對了，妳向我告白這件事，可以跟大家說嗎？」

「喔，居然出現『霸凌』案件了！你、你有什麼打算！你想在黑板上寫『星之守千秋喜歡雨野景太♡』嗎？是不是這樣！」

千秋含淚抗議，我急忙辯解。

「不、不是妳說的那種『霸凌』花樣啦。咦？那妳是想把對我告白這件事……應該說，對我有好感這件事，當成『不能外傳的事情』嗎？」

「那還用說！很羞恥不是嗎！」

「也、也對喔，喜歡上我這種人，正常來想是很羞恥。」

「你這重度自卑的症狀好久沒出現了耶。沒有啦，不是那種羞恥。」

千秋開口吐槽。我清嗓之後又繼續說：

「可是那樣一來，對我來說就有些傷腦筋了。」

「你說……傷腦筋？」

「嗯。畢竟這就代表，我被妳告白這件事也要對天道同學保密了吧？……老實說，我覺得以男友的立場而言，會有點內疚……」

「……啊～～……」

千秋看似有所領悟地低嘆。我則繼續說明：

「照理說，我並沒有外遇，可是『跟曾經向自己告白的女生若無其事地繼續當朋友』……總、總覺得有點那個吧？」

我所說的話讓千秋也開始動搖了。

「這樣聽起來，確、確實有點那個耶。照理說，我也沒有背著天道同學當小三，卻覺得自己好像做了非常不應該的事情。」

「對吧？」

「就是啊就是啊……還有景太，說來滿突然的，我現在有點感動耶。」

「感動什麼？」

我一問，千秋就……莫名亢奮抖擻地喊了出來。

「前陣子我們還是落單族，如今……我們倆卻像這樣，正在為雙層○寓般的現充感情問題而頭痛，我感動的就是這個！」

「…………哇噢！的確耶！」

被她一講我才發現。這、這確實很猛！非常有進步！我們懷著多麼臭美風騷的煩惱啊！現充也該有個限度吧！

我們不禁停下腳步，然後仰望天空，感慨了一陣子。

…………

好了，耍蠢到此為止。

沿著階梯又往下走，終於到了先前看見的平台。有座銅製天球儀立在這裡，還一併設置了供人小作休息的長椅。雖然完全看不見人影，氣氛卻不可思議地有一絲溫暖。

話雖如此，我和千秋都沒有打算坐下來休息。我們側眼看了天球儀，路過平台並且又談了起來。

「哎，實際上以我的立場，也會希望跟天道同學講清楚。」

千秋也對我說的話煩惱了一下，但她最後仍用力點了頭。

「說得對。萬一天道同學因此討厭我，或者怪罪到我和你目前的關係，也只能說無可奈何。因為這全是我的錯。」

「……全是我們兩個的錯。」

我這樣補充以後，千秋就有些害臊似的羞赧起來，然後點了頭。

「我明白了。景太，趁早將我們的關係向天道同學說清楚吧。我覺得就是要這樣，自己才能毫無芥蒂地再跟你交往。」

「嗯。這部分果然還是要做出了斷才可以。」

「就是啊就是啊。瞞東瞞西的也對天道同學過意不去。」

「沒錯。我也希望自己跟交往對象能保持彼此都笑得光明磊落的關係。」

「對。我也希望自己重視的人可以這樣，由衷希望。」

千秋如此溫柔地對我微笑。我心裡被她那句話填得滿滿的……要將這種心情化為言語卻又十分困難，因此，目前我只能回望她的眼睛，大大地點頭。

穿過平台，繼續沿著階梯往下走。

後來一直到休息站這段期間，我們都只有聊電玩。這情況與原本的我們……雖然無法說完全一樣，即使如此，聊電玩還是一如往常地開心。

於是當我們回到休息站的時候，儘管兩人之間仍有一絲絲「緊張」，卻已經沒有任何「疙瘩」了。

「（大概是因為就算結局苦澀，彼此還是把想說的話都說完了吧……）」

……其實在真正意義上，像我這樣根本就不能推量千秋心中的想法。向親近的人告白而遭到拒絕的痛楚，應該不是我能隨意想像，然後就自以為理解的。再說，我也絕對忘不掉自己拒絕了千秋……傷害到對自己抱有好感的人這件事……老實說，至今我仍在心痛。

傷害，已經相互造成了。

但至少——那並沒有化膿。

傷痕或許會留下，可是痛楚會消失，也會痊癒——我有預感。

我朝旁邊的千秋瞥了一眼，就發現她露出一如往常氣嘟嘟的臉。

「景太，你幹嘛盯著我？很噁耶。」

千秋隨口損了我這麼一句。我也用平常的調調回她：

「沒事啦，剛才我好像聞到，從妳那邊有淡淡的海潮味飄來。」

「說別人身上有海味是什麼意思！」

接著，我們倆就像往常一樣不客氣地鬥起嘴。此時此刻，這讓我非常舒暢。

既然這樣，往後在電玩同好會，我們似乎還是可以用「朋友」、「伙伴」的立場相處。

我們對這樣的預感安心地捂了胸口，一邊朝休息站裡面走。

到了喫茶區的時候，突然間有陣意外的說話聲傳來。

「奇怪，這不是雨野和星之守嗎？你們在做什麼？」

「咦？」

我嚇得將目光轉向出聲的方向。於是在那裡……

「咦，上原同學……和亞玖璃同學？」

有一對現充&辣妹情侶正在喫茶區的座席歇息。

「噢，雨雨、小星兒，你們辛苦嘍～」

亞玖璃同學揮揮手並且微笑。我和千秋愣愣地望著彼此的臉，並走向應該早就搭公車回家的他們那邊。

於是在我們來到桌子旁邊的時候，上原同學就問道：

「你們不是回家了嗎？」

「欸，這是我要說的台詞耶，上原同學。你們倆是怎麼了？一小時前，你們就搭上開往城區的公車了吧？」

我邊說邊回想。實際上我在一小時前，確實目送過開往城區的公車載著這兩人還有天道同學發車離去。

當我由衷感到不可思議時，「那個啊──」上原同學就喪氣地這麼開口說：

「出發後差不多隔五分鐘吧，公車就忽然拋錨了。然後司機檢查來檢查去，花了一陣子找原因，結果卻找不出修理的頭緒，只好賠罪請乘客們回休息站改搭下一班車嘍。真是敗給他了。」

「哇，那真慘。」

我的同情讓亞玖璃同學憤慨似的交抱臂膀。

「受不了耶。就連回來這裡，也是被迫用走的。我們在昏暗的山路耗了約二十分鐘喔，而且下一班公車好像還誤點，糟透了。」

亞玖璃同學說著便望向入口正面落地窗外的圓環。的確，那裡連一台公車都沒有停。一問之下，聽說連開往我家和千秋家的公車都誤點了。

「因此，你們也先坐下來等吧？」

我們被上原同學催促，就在他們旁邊坐下。然後，這次換上原同學對我們有疑問了。

「所以呢？你們怎麼還在這裡？難道往那邊的公車也拋錨了？」

「啊，沒有，並不是那樣的，我們是……」

我正準備說明，腳尖卻被千秋迎面踹了一記，才警覺過來。

……對喔，我到底打算怎麼說？

「在網路上有命運性聯繫的伙伴一起賞星星還告白了。」

難不成要這麼說？要說這是事實倒也沒錯……但如果不按部就班仔細說明，身為有女朋友的人，事情傳出去就太難聽了。可是像這種狀況，下一班車什麼時候來都不奇怪……

當我窮於回答時，千秋就巧妙地代我答話。

「那個那個，我們倆在公車出發前都回頭上了洗手間，結果來不及搭車。然後然後，閒著等下一班車時剛好碰到，想說既然有機會，不如到後面的『望星廣場』參觀殺時間……」

「啊，所以你們兩個才從後面過來嗎？」

上原同學聽完千秋說明，顯得沒什麼疑問就理解了。

這時候，亞玖璃同學「咦！」地叫出聲音。

「什麼嘛，原來有那麼羅曼蒂克的景點喔！早知道我們也去參觀了！真不甘心～～！」

亞玖璃同學撲到桌上，搓手頓足地使起性子。我則是苦笑著回應她：

「呃，來回還滿花時間的，即使你們的下一班車跟我們不一樣，要等個三十分鐘，去了應該也不太有時間看星星喔。」

「是喔，這樣的話，人家倒可以死心……話說雨雨、小星兒，你們也對星星有興趣啊？真意外。本來還以為你們對電玩以外的事都覺得無所謂。」

「沒、沒禮貌。我、我們起碼也對星星……妳、妳說是吧，千秋？」

「是、是啊是啊，景太。我可不希望被當成只、只對電玩有興趣的人！」

我們倆目光交會，然後支支吾吾地低下頭……我、我說不出口。其實我們有九成的動機都是想拿手遊的獎勵才會去爬山，事到如今我實在說不出口！

「哦～～……」

亞玖璃同學狐疑似的望著我們……不妙了。這個人對感情問題格外敏銳，再這樣下去難保不會讓她胡思亂想。

心慌的我視線掠過四周，還急著轉換話題。

「對、對了。天道同學應該跟你們搭同一班車，她在哪裡？」

我一邊張望一邊問，上原同學就回答：

「啊，這麼說來，她稍早說要到小賣店逛逛，就離開座位了。」

「這、這樣喔……呃，那、那麼，我去找一下天道同……」

我這麼說著，為了逃避亞玖璃同學的追究，正想跟著離開現場——就在這一刻。

「雨野同學、星之守同學，晚安。」

背後忽然有人出聲搭話，回頭望去……世上最可愛的生物，也就是我的女朋友，天道花憐，正笑臉迎人地待在那裡。明明是一直漫步到精疲力盡的當天晚上，由於有那頭金髮烘托，她依舊顯得光彩煥發。

「辛、辛苦了！」

我莫名緊張，打起招呼活像體育社團的學弟，還急著從椅子上起立，讓出自己左邊原本用來擺行李的椅子以確保她有座位可坐。然而，要說到天道同學的反應……

「啊，上原同學、亞玖璃同學，不好意思，麻煩你們讓一下。」

「……咦？」

一回神，她不知不覺就坐到上原同學和亞玖璃同學中間的椅子了。

「（……呃，也、也可以啦……又沒規定男女朋友每次都要坐在一起……嗯……）」

儘管在場所有人都覺得座位的分配有些不對勁，但我自己做了解釋，認為天道同學應該只是回到我們來以前原本坐的位子罷了。

這時候，上原同學開口說：「那、那麼——」並且站了起來。

「公車好像還沒來，我去上個廁所。」

亞玖璃同學聽了他的話，也跟著起身。

「啊，那人家也去好了。天道同學，行李就麻煩妳看著嘍～」

「……咦？」

「咦？」

天道同學忽然動搖似的發出聲音，對此亞玖璃同學偏過頭。

「呃……我只是想請妳幫忙顧一下行李……有、有什麼不方便嗎？」

「咦？啊，不、不會，一點也不……我明白了。我天道花憐即使賠上性命，也會替兩位保住行李！」

「是不用賠上性命啦……呃，好吧……那麼，麻煩妳了。」

亞玖璃顯得不可思議，跟在先走的上原同學後面離開。

我目送她那樣的背影……心裡忽然冒出念頭，朝千秋的腳尖踹了一記。

「（之前那件事，要說的話不是可以趁現在嗎？）」

我試著用視線和表情如此提議。於是，千秋一瞬間曾顯得疑惑，不過立刻就帶著下定決心的臉色點點頭回應我。

千秋把身體連同椅子轉向天道同學那邊，臉色極為嚴肅地準備開口時——

「雨、雨野同學！你有沒有玩《戰爭領域》的最新作？」

——天道同學突然猛一睜眼，朝我發問。

我困惑歸困惑，還是回答了她的問題。

「沒、沒有耶，很遺憾，我並沒有在玩那一款……」

「是、是嗎？你沒有玩啊……啊，星、星之守同學呢……」

「我、我沒有玩……對不起……」

「是嗎……」

……對話結束。因、因為，我們都沒有玩她說的那款遊戲嘛。

更何況，現在有比那更重要的事……

「呃，天道同學？那個，千秋和我有件重要的事，想趁現在——」

「這次的作品不愧是以第一次世界大戰為舞台，戰場感非常強烈呢！」

「那個話題不是結束了嗎！」

《戰爭領域》的話題好像又接下去了！天道同學開始滔滔不絕。

「不，我個人對於以近未來為舞台，又滿是激烈搏鬥與未來道具的FPS也不排斥喔！可是也有用傳統兵器打慢節奏的仗才會讓戰略或團隊合作得到發揮的場面啊！你想嘛，線上的戰車遊戲之所以好玩，就是因為有不單靠瞄準能力分高下的遊玩感——」

「請、請等一下，天道同學！我、我本身對於別人的遊戲評論是來者不拒，話雖如此，關於那款遊戲，能不能請妳暫且先擱到一邊？」

我拚命打斷天道同學說話，她就不甘似的發出「唔」的低吟聲……欸，之前她是這種性格嗎？呃，雖然我和千秋也會聊自己喜歡的遊戲聊到失控……不過天道同學在這方面，應該是懂得看場合的人……

總、總之呢，天道同學的《戰爭領域》話題打住了。

我和千秋清了清嗓，一度重新坐正，準備跟她談我們的事——

「我去小賣店逛逛喔。」

——天道同學沒聽就忽然起身了！我連忙說「不不不不不！」把她攔住！

「妳要逛幾次小賣店啊，天道同學！」

「說不定商品已經換了嘛。」

「商品不會像線上遊戲那樣即時更新啦！還有，妳不是賭上性命也要幫亞玖璃同學他們顧行李嗎？」

「呵，為什麼本人非得替亞玖璃同學他們的行李賭命？」

「雖然妳的疑問極為合理啦！話不是妳剛才自己講的嗎，天道同學？」

「是我方才神智不清。那麼，我要去小賣店了，就此失陪！」

「妳現在也夠神智不清的了！就、就算是神智不清時跟人講好的，約定仍舊是約定啊！居然不負起責任，這樣太不像妳了，天道同學！」

「唔……你、你說得對。我、我明白了。行李……我會顧著。」

天道同學帶著難保不會隨時咬舌自盡的悔恨臉色就座後，就開始默默盯著亞玖璃同學他們的行李………………

「呃～～……天道同學？所以說……那個，我和千秋有事情，想跟妳……」

「…………（盯～～……）」

「……天道同學？喂～～？」

「（盯～～……）」

天道同學正專心一意地盯著亞玖璃同學他們的包包。

「欸，認真的嗎！顧東西起碼還是可以講話吧？天道同學，請妳至少隨口應一聲啦。」

「喏！」

「好隨口！回得比我想像中還隨口！隨口成這樣，有沒有把話聽進去都難說了！」

「喏！」

「請妳再認真一點聽啦，天道同學！好不好，天道同學！」

差不多快受不了的我從座位起身後，就把手伸到天道同學的肩膀——

「！」

「！」

——於是，「啪」的一聲，我的手被甩開了。

她那拒絕的意思太明確……一瞬間，我和千秋都愣住了，但隨後——

「久等啦～～不好意思，讓你們幫忙顧行李。」

「雨雨，公車還沒來嗎～～？」

——由於上原同學和亞玖璃同學從洗手間回來了，所有狀況就含糊帶過。

我和千秋跟那兩人會合，並偷偷低聲交談。

「（感覺好像怪怪的耶……哎，下次再講就行了吧？）」

「（是啊。反正也沒有非現在講不可。）」

儘管天道同學感覺有點古怪，但畢竟一整天下來都累了，時間也晚了，我和千秋對她「亂亢奮的情緒」就沒有多在意。實際上，先前我和千秋才在望星廣場有過一連串令人臉紅的互動。

話雖如此……

「（對我們來說，好像要跟天道同學講清楚以後才能讓異性意識告一段落，然後完完全全地變回「朋友」耶……）」

藉著這種方式，我們才能切換心情，並且重新起步。

明明如此，在現狀下，我們卻淪於「對天道同學有兩人共同隱瞞著的事」……這種格外像是搞外遇的處境。什麼跟什麼嘛。

我忍不住看向千秋，她同樣看著我這邊。我們不約而同地變成在互望。彼此都覺得尷尬，便立刻垂下目光。然而……

「（所以說，這種疑似搞外遇的狀況怎麼還在持續！如果不跟天道同學講清楚做出了斷，我和千秋這種莫名其妙的男女意識可就抹滅不掉了！）」

話雖如此，用簡訊或電話了事也不太對。這是必須有我、千秋和天道同學三個人都在

場，再誠心誠意做交代的重要案件，毋庸置疑。

我獨自大嘆一口氣，茫然望著跟上原同學等人閒聊起來的天道同學，做出了結論。

「（哎，反正都在一樣的同好會，今後我們三個講話的機會還多得是。）」

又不是遠距離戀愛。再遲也能在幾天內解決這件事吧。

當我左思右想時，開往各處的公車便陸續抵達了。

我們簡短結束第二次的道別，各自搭上公車。

於是——

這一次，公車順利地朝各處發車。

我們幾個總算可以結束這漫長又緊湊的一天了。

天道花憐

從行駛中的公車窗戶望向昏暗夜路，我獨自深深嘆息。後面有上原同學和亞玖璃同學兩人要好地坐在一起，不過我跟他們拉開了一小段距離，坐在靠前面的座位。他們倆大概會解讀成「這是我貼心的表現」，但其實不是。

我只是……希望獨處。

畢竟我沒有餘裕和任何人講話。

何以會如此……都是因為……因為……

「（雨野同學竟然和星之守同學「開始交往了」，這樣的事實要我怎麼接受嘛啊啊啊啊啊啊啊啊啊啊啊啊啊啊啊啊啊啊啊啊啊啊啊啊啊啊啊啊啊啊啊啊啊啊啊啊啊！）」

我在內心吶喊，並且低著頭，用左拳捶起旁邊沒有人坐的座位椅墊。

無處可去的情緒洪流在我體內如狂龍般肆虐。

憤怒、哀傷、嫉妒、醋意、憎恨，還有——

「（我絕對……絕對不會容忍這種事！）」

——痛斥。

「（事情變成這樣……變成這樣……實在太奇怪了……！）」

我忍不住試著捏自己的臉頰…………好痛。痛得令人難過。或許是捏錯位置，我也試著捏了另一邊臉頰，結果沒有不同，只是讓兩頰均衡地感到刺痛罷了。

「……嗚嗚。」

這次我心中的哀傷勝過憤怒，淚水不禁差點掉出來。

但是，我立刻替自己打氣：「這樣不行！」

玩遊戲對戰也一樣。假如灰心喪志哭出來，一切就完了。流下悔恨的淚水替下一場競爭添燃料無妨，可是，流下哀傷的淚水將心頭之火澆熄就不行。因為那種淚水，真的會令一切告終。

「……呼～～」

調適呼吸以後，我為了再次提振心靈……便懷著盡可能完全客觀，像是要對第三者闡述的心境……開始回想自己得知那兩人「決定要交往」的來龍去脈。

＊

事情要回溯到大約一小時前。

公車故障後，走路回到休息站的我、上原同學、亞玖璃同學三個人，都閒閒地在喫茶區打發時間。

然而，面對上原同學和亞玖璃同學這對情侶，我實在無法否認自己就像電燈泡。結果稍微替他們著想過的我在中途就表示：「啊，我、我到小賣店逛逛喔。」當場離開座位。

那正是我在今天犯下的最大的錯誤。

實際上，小賣店幾乎沒有什麼東西好看。立刻閒下來的我就漫無目的地在室內遊蕩……於是乎，我發現了。

通往「望星廣場」的那個入口。

慶幸這下子可以消磨空閒還不到片刻，仔細讀了說明以後，我便認清要登頂往返的時間不太夠。

但就算這樣，無論如何都沒辦法對「滿天美麗繁星」死心的我，只好相信通往廣場的路上已有足夠賞心悅目的星空這段說明，就抱著試過才曉得的想法爬上山腰。

於是到最後，我所望見的星空，真的很美。

尤其在山腰有塊較開闊的休息處，從那裡看到的星空更是精彩。我獨自坐在供遊客休息的長椅上，悠悠地享受了那片星空一陣子。

……心裡還一邊想著：真希望能和雨野同學單獨來賞星～

就這樣，差不多是在我陶醉地欣賞星空一分鐘左右的時候吧，從我頭上脫落的髮夾掉到長椅後面的暗處。

我無奈地起身，繞到長椅後頭，然後在昏暗不佳的視野中，彎下身子忙著找起髮夾。

然而，髮夾滾得意外地遠，最後我一路找到立著的天球儀後面才總算發現。

我拿著髮夾鬆了口氣，並且捂胸心想差不多該回休息站——

——就在我準備起身時，忽然間，我察覺有其他人的動靜。

我不禁嚇了一跳，還反射性地躲回天球儀的死角。

於是我從死角悄悄窺探狀況，就發現從山路那邊似乎有對情侶正要走下來。

老實說，我完全不必躲躲藏藏，但是躲都躲了，我也不忍心在這時候冒出來害他們倆虛驚一場。不得已之下，我決定繼續藏身，等他們經過平台以後再另行離開。

我待在天球儀後面，有些沮喪地想著自己究竟在做什麼，一邊等待情侶經過。然而，無論怎麼等，那兩個人就是遲遲不下來。

納悶對方究竟在做什麼的我按捺不住，又從天球儀探頭偷看狀況。

……結果，在那裡有著意想不到的人影。

「（咦，那不是……雨野同學，還有星之守同學？）」

太出乎意料的光景讓我瞪圓了眼睛。至於那兩個人，則是一副相談甚歡的模樣。

「前陣子我們還是落單族……現充……而頭痛……這個！」

「……哇噢！的確……」

儘管只能聽見隻字片語，那種嗓音及互動的方式，肯定就是他們兩個了。

「（他們倆究竟為什麼會在一起……）」

我隱隱感到心悸，卻還是繼續窺探狀況。這時候，他們倆不知為何在階梯途中停下腳步……然後就一塊仰望著天空，變得沉默不語。

「（……這、這種不可告人的氣氛是怎樣……！噫……！）」

強烈的妒火讓我心焦如焚……不對，事後回想起來，我當時的情緒好像有點衝過頭了，但是孤男寡女感慨深刻地仰望天空……這種情境除了「羅曼蒂克」外還能怎麼形容？

當我的不安變得越來越具體時，他們倆走下階梯了。

我連忙縮頭，然後蹲回天球儀後面，徹底讓自己屏息靜氣……請不要吐槽我為何這麼做。一旦躲了就退無可退，這種感覺是否有人懂呢？

總而言之，當時我就在天球儀後頭，靜靜地屏息不作聲。

雨野同學和星之守同學看似完全沒注意到我，默默地慢慢走下來。

緊接著，當他們倆來到我躲著的休息處時……忽然就開始對話……

是的，他們展開了那段決定性的對話。

「哎，實際上以我的立場，也會希望跟天道同學講清楚。」

「說得對。萬一天道同學因此討厭我，或者怪罪到我和你目前的關係，也只能說無可奈何。因為這全是我的錯。」

「……全是我們兩個的錯。」

當時的我，完全聽不懂那是在談什麼。明明不懂……心悸卻還是加速到讓我覺得痛的地步。我有了不好的預感，心裡頭有聲音在警告，要我不可以再聽下去。

可是……我還來不及捂住耳朵。

那句「無情的話」，就從星之守同學口中冒出來了。

「我明白了。景太，趁早將我們的關係向天道同學說清楚吧。我覺得就是要這樣，自己『才能毫無芥蒂地再跟你交往』。」

「（———咦？）」

頓時，我曉得自己的眼裡失去了感情。

……她在說些什麼？

剛才是我聽錯了。跟往常一樣是誤會。沒錯，只有可能是這樣嘛。哈哈。

當時我如此努力地想振作精神……他們倆卻落井下石般從口裡接連吐出對我的打擊。

「嗯。這部分果然還是『要做出了斷才可以』。」

「就是啊就是啊。『瞞東瞞西的也對天道同學過意不去』。」

「沒錯。我也希望『自己跟交往對象能保持彼此都笑得光明磊落的關係』。」

「對。我也希望『自己重視的人』可以這樣，由衷希望。」

「──────」

之後距離拉開，接下來的對話就傳不到我的耳裡了。

不，縱使我有聽見「聲音」，應該也無法認知為「話語」才對。

這是因為，我的心在當時，已經被攪亂得一團糟了。

「（咦？這是怎樣？唔，所以說，他們為什麼……）」

我在天球儀後頭抱著雙腿，獨自一個人默默地不停思考。可是……再怎麼思考、思考、思考……得出的結論，還是只有一個。

解讀方式，正如同剛才……我所聽見的那樣。

「（雨野同學和星之守同學開始交往了，因此，他們近期內要跟我做出了斷。）」

…………

「啥啊啊啊啊啊啊啊啊啊啊啊啊啊啊啊啊啊啊啊啊啊啊啊啊啊啊啊啊啊啊啊啊啊！」

我大喊著站起來。雨野同學他們似乎已經往下走得滿遠，沒發現我的存在。但是——

「「呀啊啊啊啊啊！」」

「？」

——相對地，不知不覺中似乎有後續下山的情侶看見我，還嚇得腿軟……哎，在杳無人煙的夜路，要是有樣貌驚恐的金髮女突然一邊大喊一邊從天球儀後頭出現，當然會有他們那種反應吧……現在回想起來，我仍覺得對他們做了非常不好的事。對不起。但願這件事不會在今後變成都市傳說。

總之，我連忙向那兩人低頭賠不是，然後逃也似的走下山路。眼角積的淚水被風吹落，在後頭飄舞閃爍。

下山途中，我的腦海一片混亂，什麼都不能思考。既傷心又懊惱，想不通事情忽然演變成現在這樣是什麼意思。

現實，令我無法接受。

即使如此，下山抵達休息站時，在我心裡……只得出了一個，明確的答案。

那就是……

「（我、我不認同……！我不能認同……！我絕對……絕對不認同，這種事情！）」

打算擅自跟我「了斷」，再兩個人一起邁向新旅程的自私行為。

對此，我無法輕易就予以認同。

「（沒錯……誰會允許他們那樣啊！）」

要說的話……我那種覺悟，感覺就好比女兒的男朋友來家裡提親，做父親的堅決不肯和對方見面一樣。

畢竟，要是聽了那樣的要求。

要是讓……他們倆跟我……做出了斷。

我肯定……就無能為力了。

我不可能……有任何手段，能對抗情投意合的……兩個人。

正因如此……後來在休息站剩我們三個相處時，那兩人想報告交往的事或者談分手，我便一心一意地拚命只顧著迴避。

＊

「……呼～～」

回想結束，我的心思又回到夜晚沉靜的公車裡。驀然朝背後回首，上原同學和亞玖璃同

學那對情侶正恩愛地在後面把頭靠在一起呼呼大睡。看到那溫馨的情侶身影，我便重新……下定決心。

「…………還沒有告吹。還沒有……畢竟雨野同學……向我告白過……」

我回想起前些日子，那段熱情無比……現在光想到就會讓臉頰發燙的告白。

……沒錯。前些日子，我不是才聽過雨野同學的熱情告白嗎？他的那些話，怎麼也感覺不出有虛假。但倘若如此，他為什麼會跟星之守同學交往……？

想到這裡，我恍然大悟。

「（對了！我怎麼到現在都沒有發覺！他肯定是找不到好的方式——拒絕星之守同學的告白！）」

如此解釋，一切就說得通了。

我更進一步推理。

「（是啊，沒錯！肯定就是這樣！誰教雨野同學那麼溫柔！如果在那種羅曼蒂克的環境下，被身為朋友的星之守同學告白，要拒絕也拒絕不了啊！想必就是這樣了！沒錯！）」

於是，事情在東拉西扯的過程中越演越烈，到最後為了做出「了斷」，他們倆就想出找我談這件事情的計畫了。

假如是這樣，我就能完全釋懷……不對，非得是這樣才可以。

「（實際上他們才不會互相喜歡呢……不會有這種事的……）」

對雨野同學寄予信任的我，腦海裡有股不安從角落掠過……不行喔，花憐，妳不必思考那種可能性。

剛才的推理就是正確答案。肯定是正確答案。

「（是啊。畢竟，那樣說得通，不會錯。）」

我忍不住對「靈敏」過頭的自己微微露出冷笑。

「（唉，話說回來，到了我這種境界，就連自己引起的「誤會」、「錯失」都能認知，並且充作推理的材料呢……）」

我對自己的高規格感到恐懼。這個叫天道花憐的女人，到底是要不可愛到什麼地步才滿意呢？

但唯獨這次，我要感謝自己優秀的頭腦。多虧如此……我才能正確看清「敵人」與「對付方式」。

簡單來說，敵人……並不是星之守千秋同學——而是他們倆誤打誤撞正要促成的「情侶宣言」本身。

至於這件事的對付方式，簡單來說……

「（既然這樣，我該做的就只有一件事！）」

我從車窗瞪向星空。

然後將拳頭連同渾身的決心，使勁舉向窗外的星空。

「（對於那兩個人想談的「正經事」，我要迴避、迴避、再迴避，讓他們倆的關係「就此停滯」。這也是為了所有人健全的幸福著想！）」

要說到我舉拳多有勁——

『叮咚～～下一站停車。』

——力道大得足以讓我失手按下停車鈕。

✖星之守心春與受引導者們

「妳向雨野學長……告白了？」

充滿熱氣的星之守家浴室裡，有我抓狂的聲音迴盪著。

我忍不住停下洗頭髮的手回過頭，姊姊就怕羞似的把嘴巴「噗嚕噗嚕」地沉進浴缸裡。

為了將混亂的腦子做個整理，我一邊用蓮蓬頭沖掉頭髮上的泡沫，一邊回想事情演變至此的過程。

舉辦了電玩健行活動，還以山上休息站為終點的當天夜晚。

為領取手遊活動獎勵而晚搭一班車的姊姊，差不多在我回家一小時後到家。由於時間也晚了，我多少有點擔心獨自回家的姊姊，看到她幾乎照預定時間到家就姑且安心了……然而重新仔細觀察後，就發現她看起來有點不對勁。

眼皮有些腫；情緒相較平時顯得異樣亢奮；話雖多，對於和我分開後的事卻談得不多。

儘管坐在客廳沙發專心看綜藝節目的父母渾然不覺，跟姊姊一塊吃了較遲的晚餐的我倒是有注意到這些。

這麼一來，我就放不下心了。這個姑且算美女的姊姊該不會在跟我分開以後，發生了什麼連向家人傾訴都不願意的事？弄得我盡是負面的想像。這種時候我真的很厭惡自己累積得亂豐富的情色遊戲知識。

不過硬要在父母面前追究那些也會有顧忌，煩惱到最後，我就向姊姊提了個好幾年沒提過的主意。

今天要不要一起洗澡呢？

姊姊起初當然是害羞得拒絕了，話雖如此，基本上我姊姊就怕被人拗。我拗了幾次後，她馬上就紅著臉答應了……呃，這種好拗的性子同樣讓做妹妹的擔心不已就是了……

言歸正傳，反正我在浴室總算問出了「空白的一小時」。

結果我想都沒想到會有這種超展開的劇情。

以不同角度來看，姊姊這段戀愛難保不會比情色遊戲的劇情發展還明快地直通壞結局，真是出乎意料。

我慢條斯理地沖掉洗髮精，然後把自己坐著的洗澡凳轉向浴缸，準備好要問個明白。

「妳會向他告白……到底是怎麼了啊，這麼突然！」

我提的疑問讓姊姊從浴缸冒出臉，還雙頰通紅地害羞，別開眼光給了我回應。

「不是啦，那個那個……說、說成告白太誇張了，心春。畢竟我只是……只是把想法……把自己的好感，毫無保留地表達給景太知道而已……」

「欸，那不叫告白要叫什麼？」

我傻眼地問，姊姊就把手指湊在下巴，故作可愛地把頭偏一邊。

「…………要我現在就揭露？」

「幹嘛講得像在主持綜藝節目！居然可以把自己的告白表現成那樣，我們家的姊姊何止女子力掛零，根本就是負的！」

「可是可是，關於〈NOBE〉和〈MONO〉的事，我也一起對他坦白了……」

「咦咦咦咦咦咦咦咦咦咦咦咦咦咦咦咦咦咦咦咦咦咦咦！」

超展開大放送。現在是怎樣？我們家姊姊失心瘋了嗎？

浴室裡只迴盪著水珠從我的髮絲滴落然後在地板濺開的聲音。

我完全無言以對地僵住，姊姊就發出「啊」的一聲，低頭對我陪了不是，繼續說：

「所以心春，妳不用再扮演〈NOBE〉和〈MONO〉了。過去辛苦妳了。」

「呃……咦？忽、忽然這麼說，我的心情也轉換不了……」

「…………呃……心、心春，我們殺青嘍～～！」

我姊姊故作可愛地從浴缸裡「嘩啦」舉起手臂，口氣還像拍戲現場的導播…………現在是怎樣？

「欸，問題不在表達方式啦！為什麼都沒做任何確認，就忽然把我從〈NOBE〉和〈MONO〉的角色換下來了！」

「……因、因為妳的片酬一路攀升……」

「換角的理由跟海外連續劇這麼像喔？姊，話說我什麼時候跟妳要過高額酬勞了！」

「是、是妳不知不覺中從姊姊這邊搶走的！景太對〈NOBE〉和〈MONO〉的『好感』，就是妳拿走的酬勞……」

「我這個姊姊怎麼好像耍了點嘴皮子還覺得得意！超煩的耶！」

「所以嘍，請妳不要再從姊姊這裡竊取景太的好感了，心春。」

「而且妳還擺受害者嘴臉！明明是妳要我演那些角色的！」

「何況景太也說過，〈NOBE〉和〈MONO〉的形象跟妳有致命性的差異。真是選角不當。」

「講到最後甚至連選角不當都脫口而出了！妳、妳以為之前亂配角色給我，害我吃了多少苦頭啊！」

「也對。如今我向景太揭露身分，還得到了不錯的反應，就覺得由妳冒充的那段期間，對自己來說已經接近不可告人的歷史了。什麼跟什麼啊，那段日子。」

「哎呀，足以當成殺人動機的低級發言來嘍。」

「……………對、對不起，心春。告白那件事令人亂興奮的，所以姊姊剛才有點得意忘形了。」

我姊姊愧疚似的再次把嘴巴「噗嚕噗嚕」地沉進浴缸。

我嘆了口氣，然後把凳子轉回洗澡的空間，決定一邊洗澡一邊重新問清楚事情的細節。

「後來呢？告白的結果怎麼樣了？哎，從氣氛和過程來想，我早就隱約感覺到你們並沒有修成正果啦……」

不過若是如此，姊姊毫無悲愴感這一點就令人在意了。

她從浴缸探出臉，並且做起大略的說明：「這個嘛——」

於是乎，在我洗完全身的同時，姊姊也把告白的來龍去脈講完了。

「原來如此。」我沖掉身上的泡沫，一邊如此回答。

「儘管告白不成功，你們也沒淪落到完全失去友誼或者莫名其妙演變成外遇關係。」

「是的是的。這要由衷感謝景太的誠懇與溫柔。」

姊姊這麼說完便害羞似的呵呵微笑。我看見她的表情，立刻就懂了。

「（啊，這樣看來，我們家姊姊扯來扯去又迷戀得更深了。夠了啦，饒了我吧……）」

要說有哪裡不妙，雨野學長「在有女朋友的狀況下應對女性朋友告白的方式」，連我都在心裡大為讚賞。

「（既沒有擺出曖昧的臉色，還確實地說甩就甩，卻又不忘避免讓對方受傷過深……以甩人的方式而言得滿分，可是正因如此我才想問，學長會不會太詐了！）」

甩了女生還能博得好感，好詐喔～～好下流喔～～哎～～討厭討厭～～

……………好、好討人喜歡耶～～

「（是怎樣！雨野景太是怎樣啦！假如說他對其他女生堅守節操的姿態反而有魅力，我和姊姊是不是慘上加慘啊！為什麼我們的感情戲在登場人物一律是處男處女的這個階段，就出了兩名人士能理解女人為愛憔悴的心理！糾結都沒有止盡！）」

這是什麼扭曲的狀況？簡直像情色遊戲名作改出全年齡版，結果性方面的描述沒了，只剩下大人之間的戀愛。現實中居然會有這種事。

越是思考，就越覺得揪心，我忍不住雙腳亂踢。地板上的熱水瀝瀝濺起。

「心、心春？」

姊姊擔心似的望了過來……我這個姊姊，八成還沒發現自己仍在熱烈戀愛中吧。對雨野學長說出心意很暢快，往後似乎還是可以高高興興地當朋友！她大概是這麼想的吧。

那種想法，想必並沒有錯。和姊姊不肯表明好感與身分而受孤獨煎熬的時期相比，她現在肯定幸福多了。可是……

「（愛戀之情……那麼容易就能用理性管住嗎？）」

告白以後被甩掉，因此結束了。這條劇情線的可能性澈底毀了。出局的女主角往後單純只會以「朋友身分」登場……在現實的戀愛中，究竟有沒有這麼系統性的「段落」？

一度以異性身分抱持的好感，被甩之後頓時就完全切換成對「朋友」的好感……要做到這種事，並沒有我姊姊想的那麼容易才對。

……不，難道這也是因為我迷情色遊戲才會想太多嗎？畢竟對男女間的友誼，我自己也有過度懷疑的傾向。

「……哎，算了。」

我又轉向姊姊……然後笑了一笑，先道出祝福之語。

「滿好的不是嗎？能跟學長變成普通朋友，那也不錯。」

我說的這句話讓姊姊紅著臉，以毫無陰霾的笑容回答：

「嗯！謝謝妳嘍，心春！」

「……嗯。」

「那麼，接下來換我洗頭洗澡，心春，妳在浴缸裡暖暖身子吧。」

「……謝謝，我會的。」

我和姊姊交換位置，進了浴缸。

姊姊方才泡過的熱水暖洋洋的，彷彿連我都感受到了她的幸福。

＊

後來過了一個多星期，日曆進入十一月。

今年我們碧陽學園預定在十一月下旬舉行文化祭，多虧如此，身為學生會長的我這陣子放學後都忙著處理各項事務。別說沒空和外校學生拍拖，連當興趣的情色遊戲都不能好好玩，實在難受。

順帶一提，我向姊姊問了音吹高中的文化祭準備進度怎麼樣，就得到了今年根本沒有要辦文化祭的意外答覆。

據說音吹的「大型文化祭」是三年才舉行一次。

那樣感覺實在輕鬆，讓我好生羨慕。然而三年一次的機會似乎會比其他學校辦得更華麗且大費周章，那樣也有那樣的麻煩。我現在就對明年不幸選上學生會長的學生同情不已了。

總之因為這樣，音吹高中的學生們基本上好像正在享受平穩的秋季校園生活。讀二年級的姊姊和雨野學長則要準備迎接十一月底舉辦的教育旅行，算是比較忙一點，但據說仍在正常運作的範圍內。

因此，電玩同好會似乎照常以每週三次的頻率在辦活動。

——並沒有，任何窒礙之處。

「（還以為他們會更有隔閡的……）」

是的，一反我當初所懷的憂慮，姊姊和雨野學長的關係似乎十分良好。其中當然要加上「就我從姊姊那裡聽到的來想」這條註解，但至少交友關係沒有太大變化是可以肯定的。

何止如此，姊姊好像還慶幸自己跟雨野學長聊電玩變得更放得開了。當然雙方的電玩觀依舊不變，因此「口氣變衝」的頻率並沒有變的樣子，甚至連那都被當成一種「玩鬧」的方式，讓她樂在其中……簡單說，就是我姊姊到了這一步，總算才跟雨野學長發展成「正常的朋友關係」吧。

在此用姊姊的觀點來整理她和雨野學長的交往關係，會變成這樣：

同好之士　↓　敵對　↓　真命天子　↓　單戀　↓　普通朋友（ＮＥＷ！）

……我姊姊這半年來超猛。是怎樣？難道我們家姊姊的人生，有真人實境秀的製作人參與執導？

說到這一點，某個御宅族男生才是真正的怪物。

畢竟他跟我們家姊姊發生了這麼多事，另一方面還跟校園偶像開始交往，又跟朋友的女友接吻未遂，還奪走了某個喜歡情色遊戲的女生的心。在今年的「年度峰迴路轉王」穩拿第一名。雨野景太。

……差不多該把話題帶回來了。

總之，姊姊目前似乎依舊過得和以往一樣快樂。

再怎麼說，她跟渣原、天道花憐，甚至阿玖學姊都能「正常」對話，告白在表面上造成的影響似乎不如我想像中那麼大。

儘管這是非常好的事……不過感覺對我姊姊本人來說，反而「那正是」她唯一的牽掛。

據說姊姊和雨野學長都想將告白那件事誠心誠意地向天道學姊說清楚，然後再回到日常生活。

……老樣子，這很「符合」他們倆的性情。

既愚蠢又幼稚，而且意外自私……某些部分卻讓人感到尊敬。如此符合我姊姊與雨野學長的行事作風，而又純粹的決斷。

不過照姊姊的說法，「那正是」他們怎麼也無法順利辦妥的事。

基本上，要讓姊姊、天道學姊和雨野學長三個人談話，已經是難以促成的狀況。即使促成了，又會變得無法順利帶話題，結果還來不及進入正題，天道同學就因為有其他事先走了……光是在這一個星期，這種情形似乎就已經重演過好幾次。

既然如此，改用簡訊或電話告訴對方不就好了？雖然我是這麼想，可是對他們倆來說，似乎會覺得那樣有欠誠意……這些人有夠麻煩的。

總之因為這樣，姊姊目前似乎只對那一點依然懷著化不開的疙瘩……

「學長，感覺上，那樣是不是怪怪的啊？」

「咦？妳說的怪怪的，是指什麼？」

十一月的第二週，週三放學後。飛速做完學生會工作的我硬是空出時間，目前正和雨野學長一起待在便利商店的餐點內用區。

在樸素的兩人用桌面上，我面前擺著有男子氣概的瓶裝黑咖啡；至於雨野學長面前，則是擺著插了長吸管的紙盒裝甜檸檬茶。

學長像草食動物一樣帶著恬靜安適的臉孔啜飲檸檬茶。我看了那模樣不禁笑逐顏開，卻又想到今天可不是享受這些的時候，就收斂表情並重新問道：

「呃，我是指『難講話的程度』。正常來想會那樣嗎？」

「哪有什麼會不會的……就實際發生了啊……」

雨野學長顯得不太明白我在懷疑什麼。

我深深嘆了口氣以後，只好決定對他直話直說。

「天道學姊會那樣，是不是在躲你們呢？」

我說的話讓雨野學長露出了呆愣的表情。不過，他隨即像被逗樂了一樣，「啊哈哈！」地笑出聲音。

「心春同學的想法還是這麼有趣耶～」

「不，學長，我並沒有在開玩笑。實際上，在三個人當中有兩個人想『提及』某一個話題的情況下，卻莫名其妙地完全搆不到那裡……這種情形會發生得那麼頻繁嗎？」

「哎，我說過啦，哪有什麼會不會的，就實際發生了啊。」

「所以我才覺得奇怪——」

當我湊向前準備繼續推理的時候，雨野學長便一臉不解地插話：

「要說奇怪……基本上，為什麼天道同學對『這個話題』要『迴避』呢？」

「這……」

他一下子就戳中痛處了。我噤聲不語，學長便喝了一口檸檬茶然後繼續說：

「哎，以論點而言，我並不是完全無法理解妳講的意思喔。事實上，在我的印象中……也多少有感覺到天道同學最近打住話題的速度特別快。」

「你、你看嘛，果然沒錯——」

「可是，我找不出理由。」

「…………」

我再次沉默。雨野學長搔了搔頭。

「因此我認為……之所以無法順利將告白的事情告訴天道同學，到頭來問題大概是出在我們這邊吧？妳想嘛，會不會是在無意識之中隱約有『真不想講耶～～』、『真難開口耶～～』的想法，就微妙地錯失機會呢？」

「這……」

實在很像雨野學長或姊姊會有的想法……而且也是最合乎道理的解釋。

可是，我還是覺得哪裡有鬼。

我們幾個……不對，姊姊和雨野學長的感情事確實老是出差池、出差錯。不過，那絕非全是出自「偶然」的產物才對。要有人本著明確的意志及行動，經過相互作用，結果才出了差池。

以這次來說，既然三個人當中有兩個人「想談」……假如談不起來，只代表剩下的那個人——也就是天道學姊別有盤算。

我忍不住繃著一張臉咕噥，雨野學長就溫柔地對我微笑。

「謝謝妳，心春同學。感覺妳好像很擔心我們。」

「咦？啊，不是啦，與其說擔心……」

「聽千秋說到她把事情全部告訴妳的時候，我嚇了一跳，可是事到如今，我也打從心裡覺得這樣才好。」

「是、是嗎？」

「嗯！畢竟多虧如此，我和妳又能像這樣輕鬆講話了。」

學長由衷開心似的笑了笑，然後繼續說：

「就算和妳在網路上的交流是假的，即使如此……單純跟妳講話，我還是覺得很開心，而且我喜歡啊。」

「咦？不會啦，呃，那個……」

他依然用純真無邪的眼神面對面直接對我示好……我不曉得該怎麼回話，只覺得害臊。

「（好、好詐喔！學長平時都只會糾正我開黃腔……可是他那種說話方式也一樣夠凶猛、夠要命的啊！受、受不了，虧他這麼厚臉皮，講話都不會害羞的……！）」

不、不行啦，臉頰好燙。現在是怎樣？這太奇怪了。託玩遍情色遊戲的福，如今我對黃腔是完全不為所動的……為什麼這個學長用一句純真無邪的話，就能讓我的心跳得這麼快？我無法接受。真不甘心。

我從噘起的嘴脣間大大地吐了口氣，還用手朝臉上搧涼。

這時候，雨野學長稍微面帶苦笑地繼續說：

「所以說，我一樣想把事情毫不隱瞞地對天道同學老實講清楚，然後在對任何人都沒有愧疚的狀態下跟大家同樂……嗯～～實在有困難呢。」

「呃，你都沒有跟渣……不是，你都沒有跟上原學長或阿玖學姊提過，關於我姊姊告白的事嗎？」

「對。因為我覺得先由我們兩個向天道同學報告才符合道義。舉例來講……假如不是從我跟千秋兩個人口中，而是從朋友或旁人那裡一點一滴地聽說有其他女生對自己的男朋友告白，那不就太糟糕了嗎？」

「哎，感覺是滿討厭的啦……」

至少我們家姊姊給人的觀感就糟糕透頂。雨野學長最在乎的，肯定就是這一點吧。

「正因如此，我才希望由我們兩個盡快對天道同學說清楚……為什麼事情就是進展得不順利呢？」

雨野學長嘆息，我便再次提出意見。

「呃，學長，就說了，那是因為天道學姊……」

「妳說她在迴避嗎？心春同學，妳這樣替我們想，我是很感激啦……可是，沒憑沒據地就把責任轉嫁給天道同學，我也會有點過意不去。」

「……………或許，是這樣沒錯……」

我也想不出別的話來反駁了。

尷尬的沉默流過兩人之間。我明白，今天的我很難纏。

不過……無論如何，我還是沒辦法捨棄自己的想法。

「（姊姊跟雨野學長有疙瘩，固然是令人同情……可是，我的直覺低訴了更多訊息。這個問題肯定潛藏著某種「致命的差錯」！）」

而且這件事的「真相」肯定也能成為我的殺手鐧……端看我怎麼利用。正因為有這種預感，今天我才會排除萬難，跟雨野學長約出來見面。

然而，要從雨野學長口中套出更多材料來推理似乎有困難。

我吐了口氣，然後說：「我明白了。」

「關於這件事，我身為局外者不會再多嘴。對不起，講了那些奇奇怪怪的話。」

我賠罪以後，學長就心慌似的連忙揮了手。

「沒有沒有，一點也不！真的很感謝妳為我們擔心！抱歉喔，感覺都是我們在拘泥一些無謂的『矜持』，還連累到妳……啊，講到連累，我還要為另一件事道歉，關於〈MONO〉和〈NOBE〉那件事，好像也害妳多費了苦心，呃，對不起。」

雨野學長對我低頭謝罪。我一瞬間愣得睜大了眼，隨後就嘻嘻笑著回應：

「怎麼是學長在道歉呢？你這個人真奇怪，被騙的一方明明是你。」

「呃，可是因為我，好像讓妳花了不少工夫……」

說到這裡，雨野學長看似對過去在我面前的言行感到羞恥而搔起臉頰。

……這個人是怎樣？未免太符合好好先生這個詞了吧。即使上電視節目被整了一頓，他似乎也會在真相大白後表示「各位辛苦了」然後發飲料給工作人員們。

但……這樣才對，這才像雨野學長。他是我……我們喜歡上的人。處處有機可乘，又缺乏自信，還有莫名其妙的矜持……總是正直地待人。

我一口灌下瓶裝咖啡，然後「呼」地把氣吐出來。

「（雖然令人不爽，但我稍微能理解學長那個有病的弟弟是什麼心態了。儘管我們家也差不多，假如我生為學長的妹妹……肯定會變成對他超級保護的小妹。）」

我們家姊姊同樣很廢，不過別看她那樣，從創作者的觀點仍算有格外獨立的部分，所以我還能安心地看待。不過要談到雨野學長……該怎麼說呢？他似乎比我姊姊更好騙，尤其是在人際關係方面。

呃，可是，我們家姊姊也稱得上「美人胚子」，從學長能立刻拒絕她的告白這一點來看，難道他在精神方面意外有定性？……不不不，萬一告白的人是我，恐怕就有辦法傾全力把學長推倒，然後霸王硬上弓——

「心、心春同學，妳沒事吧？感覺妳呼吸很急促，眼神也變得好恐怖！」

「啊！對不起，我稍微動了春心。」

「妳突然胡說什麼啊……哎，看妳似乎還是老樣子，我就放心了。」

「欸，學長，請問你對我的『老樣子』是怎麼定義的！」

「何必那麼不服氣地吐槽呢？假如妳不喜歡那樣，麻煩妳平時在我面前就要表現得規矩一點……」

「啊，學長，話說有的飲料瓶形狀是不是長得滿猥褻啊？」

「剛說完妳就這樣！」

學長一臉傻眼地看著我……哎，確實要這樣才是「老樣子」。坦白講，剛才我也有意識到自己的形象，就稍微勉強地開了黃腔。

我對學長賊賊地微笑，並挑逗似的用手指撫弄桌上的飲料瓶。至於學長……已經都不會害羞，還大嘆一聲把視線轉向遠方……糟糕，曾經純潔的雨野學長已經習慣黃腔了，是誰把他玷汙成這樣的…………應該是我。

玷汙學長以後，我順便找他談起許久沒聊的情色遊戲。

「話說學長，最近有沒有玩到什麼好擼的作品？」

「這個人像在日常生活中不經意聊到天氣一樣地開口了耶。」

「順帶一提，我沒有。最近絲毫起不了反應。」

「起什麼反應？」

「所以最近我能用的就只有雨野學長而已喔。」

「我不會問妳用在哪裡。絕對不會！」

「不就自瀆嗎？」

「啊～～！啊～～！啊～～！」

雨野學長捂住耳朵亂吼。我鼓起腮幫子。

「……學長，你從剛才就怎麼了？光會做一些彷彿跟我不屬於同類的反應。」

「欸，我們實際上就不是同類啊！原來妳把我當同類嗎！」

「學長還不是會玩情色遊戲～～」

「假如妳以為情色遊戲玩家都跟妳一樣，可就大錯特錯了！情色遊戲愛好者又不能定義成『喜歡大剌剌地聊性事的人』！更何況……我終究是從劇情或遊戲的角度來享受情色遊戲的那種人——」

「哦，那角色可愛度就不重要了？長成國字臉也可以？」

「……呃，我又沒有把話講到那種地步……要說的話……我也希望圖畫得可愛……」

雨野學長開始支支吾吾。糟糕，好可愛。就是因為這樣，我才停不了對學長的性騷擾。實際上的問題在於，我平時講話也不會這麼下流，更沒有意願這樣做。在雨野學長面前會說得過頭，是因為他的反應都好可愛。

我按捺不住地繼續問：

「學長，話說你在那方面有什麼樣的喜好？」

「妳那是什麼動真格的性騷擾問題？」

「沒有啦，我終究是在問『遊戲評價』喔。我在想，學長玩情色遊戲時對『那部分』是怎麼做評價的。」

「唔……好狡猾的說詞……！」

只要先聲稱談的是「遊戲」，這個人一樣好哄。

他擺出困擾的臉色一陣子……最後儘管臉變得紅通通，還是嘀嘀咕咕地對我做出答覆。

「我覺得……普、普通就好……」

「何謂普通？」

「呃，因為呢，說實在的，我是個凡人。即使劇情再有趣，在那種親熱的場面一有不正常行為，我就追不下去了……」

「啊，跟我之前稍微提過的通病類似嘛，再怎麼溫馴的草食男主角，到了辦事場面都會突然猛起來。劇情寫成那樣確實會讓人覺得不太對。即使以服務玩家來說是正確的，以情節或角色性而言就說不通了。」

我表示同意以後，學長大概是被電玩的話題勾起興致，就打開了話匣子。

「就是啊，心春同學！玩家剛覺得『故事真不錯耶』而大受打動，要是主角隨後在發生關係的場面突然變得穢言穢語，我真的不知道該用什麼心情來看劇情耶！」

「有喔有喔，我有經驗。明明是純愛劇情，卻看到主角在那種場面突然拿出情趣玩具，我也會心涼七八成。」

「表示妳有兩成還是會興奮。呃，那不重要，真的就像妳所點出的。光以這點來講，或許玩美少女遊戲就不會碰到，而是情色遊戲獨有的問題，特殊性癖突然冒出來的毛病。」

「說得對。還有，那種戲碼就是在各種意義上『暴露出一切』的場面，所以會覺得角色在那時候的性格才是本質呢。」

「好比說……原本那麼爽朗的男主角，實際上卻是會開開心心地用繩子綁女主角的臭傢伙。哎，假如雙方都同意就無妨啦……」

「說得對。就像學長和我一樣。」

「這個人又在鬼扯了。」

「欸，別看我這樣，我對被虐超有興趣的啊。」

「誰理妳。應該說，我才不想知道朋友真正的性癖。」

「然後呢，學長不是隱性的虐待狂嗎？」

「我越來越有決心告妳性騷擾和妨害名譽了。」

「學長又在害羞了，明明就樂在其中。學長真是的，好可愛喔～」

「因為性騷擾搞到身敗名裂的人，心思真的就是這麼輕浮吧……」

「啊，所以說嘍，學長今後自瀆想到我的時候，請參考剛才的情報喔。」

「我第一次聽到這麼想忘掉的攻略情報。」

「順帶一提，學長在我的妄想中，用髒話羞辱人都毫不嘴軟。」

「妳明明就從來沒親耳聽過我在現實中用髒話罵人耶。」

「咦？學長剛才罵我什麼？母豬嗎？」

「我可沒有說！」

「…………喔呵……」

「這個人太自得其樂了吧！我看妳在腦袋裡迎接的結局已經夠幸福了嘛！」

「……好啦，小玩笑先擱到一邊。」

「妳別以為只要這樣說就能讓所有事一筆勾銷喔！」

學長真會計較。我再怎麼誇張，剛才那些話頂多也只有九成是認真的。希望他不會以為人家是純正的痴女。

我們各自喝起咖啡和紅茶，歇了一會兒。

然後學長清了清嗓，說著「我說啊……」開口：

「姑且也向妳確認一下好了，妳玩情色遊戲的興趣還有愛開黃腔的性子，是不是被千秋拜託才配合我演出來的形象……」

面對不安地如此發問的他——

我慢條斯理地從椅子上起身，用雙手指著自己的腰際……大大方方地宣布：

「請放心！我並沒有穿喔！」

「那妳不就是如假包換的痴女了嗎！還有這哏會不會太老！」（註：影射諧星安村昇剛）

學長猛烈吐槽。超商店員朝我們瞥了一眼，我便一邊就座一邊回答他：

「剛才那就是玩笑話了……不過，我只希望學長相信我一點。」

「相信什麼？」

「我星之守心春，無論何時何地，心中都沒有穿內褲。」

「我萬分遺憾的是妳那種形象並不是演的！」

「學長又來了～世上才沒有男人會討厭好色的美少女學妹吧。」

「…………………那麼，心春同學，要是有誇口自己沒穿內褲的外校男同學來糾纏，妳會做何感想？」

「咦？那就要立刻報警啊。很噁耶～光想像我就毛骨悚然了～」

「…………」

學長瞇著眼睛瞪過來……碧陽學園的學生會長迅速別開目光。

「……沒、沒有啦，不過你想嘛，因為我可愛，別人才會容忍——」

「不，已經夠了，心春同學。沒關係，我充分理解了那並不是妳在演戲，請妳可以閉上嘴巴了。」

「嗯嗯……原來如此，學長也很鬼畜。要我閉上嘴巴，改成張開雙腿——」

「Shut Up！」

從學長口中冒出了恐怕是他人生中第一次用上的單字。是的，既然如此，就算是我也多少會嚇到而閉嘴。

於是經過數十秒的沉默，在彼此情緒都緩和下來以後，學長就嘻嘻笑著開口：

「……嗯，不過心春同學，雖然我剛才那麼說……但我還是放心了，會那樣開黃腔的妳就是真正的妳。」

「呃，雖然是我自己要惡搞的，但是只擷取這一段互動就用來表述『真正的我』，感覺也非常不是滋味……」

我擺出困擾的臉色，雨野學長便由衷開心似的笑了一會兒……然後帶著那副笑容，隔著桌子將又白又軟的手伸了過來。

「所以嘍，往後麻煩妳繼續當我的『損友』了，心春同學。」

「…………」

雖然我一瞬間呆掉……但在下個瞬間，我大大地吐了口氣，然後用力回握他的手，做出了答覆。

「受不了，你這個人好詐喔……我才要請學長多多指教呢。」

＊

離開便利商店的我和學長分開以後……並沒有直接乖乖回家，而是朝城區走去。

「（到電玩店看看好了。）」

大概是跟學長聊了情色遊戲的關係，我挺想念遊戲。由於我還穿著碧陽學園的制服，進不了情色遊戲區……但我目前心裡沒來由地想找純愛類作品，因此沒多大問題。

城裡染上夕色，我難得不慌不忙地一邊欣賞周圍的景色，一邊漫步於街道。

「（畢竟最近一直都很忙……呃，雖然什麼都還沒有處理完就是了。）」

明明如此，不知道為什麼，我現在卻覺得肩膀好輕鬆。即使睡了好覺、洗過熱水澡也不會變得像這樣，如今我心裡卻神清氣爽。

「（會不會是久違地揭露了真心話和性癖的關係呢？）」

但是，我認為不只是這樣。那種程度的安詳，只要懶洋洋地半裸躺在床上，每天晚上都可以獲得。

「唔唔唔……」

我忍不住對這種費解的現象發出嘟噥。

之所以如此，是因為星之守心春每天都勤奮地投注精力在各種事情上……諸如學生會、打工、情色遊戲和妄想，消費的能量極為可觀。所以對消除疲勞、打起精神的方法之類，敏感程度比別人高一倍。假如要談論咖啡或能量飲料，我甚至自負能輕鬆講上三天。

因此，關於目前自己的身體還有心靈都莫名充滿活力的「理由」，我希望盡可能掌握清楚。難道好在超商喝的瓶裝咖啡？或者好在我暫時遠離學生會活動……？

走在往電玩店的路上，我將拳頭湊向下巴，苦思又苦思。我將各種要素一項一項地和自己過去的狀態做比對，並且仔細驗證。

就這樣，我默默思考了大約十分鐘。

看見目的地電玩店以後，我總算完成對自己的研究，便脫口說出導出的結論。

「久違地見到活生生的雨野學長，強烈地刺激性慾，結果就增加了我的生命力。」

「說真的，妳去死一死啦，臭婊子。」

「…………咦？」

在不知不覺中來到我背後，臉上浮現強烈的輕蔑表情又囂張的戀兄國中生——

——雨野光正近在身邊，而我卻渾然不覺。

＊

「你、你為什麼會在這種地方……」

我驚訝得睜大眼睛，節節後退。依舊對一切都顯得不屑的雨野光正就臭美地撥起瀏海，還語帶嘆息地回話：

「『為什麼』是我要說的台詞。婊子怎麼會在馬路上嘀咕，還明目張膽地扯到『性慾』？啊，我懂了，因為是婊子嘛。婊子實在很爛耶。」

「欸，你才別在馬路上口口聲聲叫人婊子好不好？太難聽了吧！」

「哪有什麼難不難聽，誰教妳的稱呼就是『婊子』，我哪有辦法？」

「我有個好端端的名字叫星之守心春啦！」

「能不能請妳別自稱『星之守』？說得簡直像妳跟千秋學姊有關係一樣。」

「我是她妹妹！千真萬確有血緣的妹妹！」

「……看著妳，會讓我深切感受到基因這種東西靠不住。」

「真巧，我也一樣！」

要我怎麼認同這傢伙跟雨野學長流著相同的血脈啊？說實在的，雨野家的家庭環境到底是怎麼樣？為什麼會同時養出這個弟弟和那個哥哥的思維？教育方式未免太謎了……我們家這邊就暫且不提。

當我「唔唔唔」地瞪著對方時……雨野光正已經顯得對我興趣全失，還打算快步從旁邊經過。我連忙追著他並開口說：

「等一下！遇到認識的年長者，你連招呼都不打就想走，這種舉動會不會太沒禮節？」

「……在路上嘀咕著性慾的婊子居然跟人講禮節……」

光正大聲嘆息。我則是進一步責備他。

「受不了，你跟你哥哥差多了。真想把他的指甲垢熬來給你喝（註：在日本俗諺是督促對方向優秀者看齊之意）。」

「求之不得！」

光正帶著毅然的臉色回答……太扯了。雨野光正，依舊超扯的。

他清了清嗓，然後一邊走一邊生厭似的看向我。

「話說妳別一直糾纏好嗎？這樣會影響我的推甄評鑑。」

「哪會啊！再說，我只是要去的地方跟你是同一個方向！」

「？要找物色女生的有錢大叔，車站前會比較多耶。」

「我在你的印象中到底是什麼德性！」

「咦，那還用問——」

「啊，抱歉，你還是別說好了，我不想聽。」

我把手湊到額頭前，打斷了他的回答……頭真的開始痛了。雨野光正……未免剋我剋過頭了吧。

我在他旁邊保持一點距離，朝電玩店前進。

「……光正，你該不會也要去電玩店吧？」

我提出的疑問讓光正睜圓了眼表示驚訝。

「咦，難道妳也是？可是那裡應該沒有賣成人玩具……」

「我真的要揍人了喔……我單純是去看遊戲的啦。」

「哦，婊子偶爾也會找回人類的自我啊。」

「『婊子』在你的觀念中是已經著了魔還怎樣？……算啦，不跟你扯了。可是要說的話，你才稀奇不是嗎？你跟你哥不同，對電玩並不是那麼有興趣吧？」

「也對啦。」光正聽了我的問題就淡然地如此回答：

「我對電玩軟體沒多大興趣。即使我什麼都不說，哥哥也會買回家。」

「？那你怎麼會一個人要去店裡逛？」

「這還用問嗎？」

光正帶著「事到如今還問這個」的調調，若無其事地告訴我：

「我是去巡邏啊，看哥哥常去的地方有沒有危險。」

「太扯了。」

我不禁說出口。雖然詞彙過度貧乏，但在我心裡，對光正的感想就只有這樣了。太扯了。扯到極點。這個弟弟是怎樣？

光正不在乎嚇壞的我，依舊一派自然地繼續說：

「哎，對哥哥來說，那裡的危險性是不如遊樂場……不過妳想嘛，他也有可能遇到更危險的人啊。」

「你為什麼要看著我露出苦笑？」

「更何況，聽說哥哥就是在那間電玩店被之前的『冒牌女友』搭話的不是嗎……假如當時有我在，就能防範於未然了。」

光正咬牙作響。我忍不住幫天道學姊說話。

「不過，就是因為有她找雨野學長講話，才推動了許多事……」

「是啊，開啟了荒謬的戀愛群像鬧劇，擾亂我哥哥的安穩。」

「你說鬧劇……」

我有點火大，光正就突然想起什麼似的繼續說：

「噢，不過，後來一環扣一環，結果千秋學姊就向哥哥示愛了。我對這一點倒是感到非常慶幸。」

「咦？光正，你怎麼會曉得這件事？是你哥哥跟你說的？」

訝異的我一問，光正便傻眼地搖頭。

「你覺得我那正直的哥哥，會特地向弟弟炫耀被告白的事嗎？婊子就是這樣。」

「怎、怎樣啦？不然你為什麼會曉得告白的事……」

「靠竊聽。」

「你是認真的嗎？」

光正對真心嚇壞的我笑了一笑。

「開玩笑的啦。竊聽自己的哥哥，妳覺得我會做這種事嗎？」

「非常會。」

「哎，雖然我也不是沒有想過。」

太扯了。耍寶發揮不了耍寶效果的人格，實在太扯了。

但光正顯得毫不在乎我的反應，繼續說：

「即使不靠竊聽，到我這種境界，只要看哥哥的模樣就大致曉得了。比方說，他今天在煩惱什麼；看似遇到了開心的事；體溫是三十六度半；三秒後會抓側腹；目前的尿意大約是百分之二十七，我都看得出來。」

「你本人的性能比竊聽器還扯是怎樣？」

「嗯，所以我大略猜得出那一天發生了什麼……不過多虧妳剛才的反應，我才有十足把握。感謝妳。」

「啊……」

糟糕。這傢伙在套我的話……說真的，他實在很難應付。

我忍不住用手扶額，光正就罕見地面帶難色開口：

「不過，我真是服了他們。沒想到千秋學姊會在這個時間點告白……」

「是啊……唯有這一點，我難得可以同意你。」

「要說的話，跟那種自視甚高的金髮硬核玩家相比，聖母千秋學姊的吸引力自然強多了……即使如此，因為正在跟其他女性交往便斷然拒絕，就是我哥哥了不起的地方！」

光正亮著眼睛說道……這傢伙終於隨口把別人的姊姊說成聖母了。他根本滿心想讓我姊姊在將來幫忙生他哥哥的複製品耶。太扯了。

雖然我對光正依舊不敢領教，然而，我大致上也贊成他的意見。

「哎，要說的話，我才是打從心裡尊敬我們家姊姊啦。明知會翻船，她還是為了做出了斷而告白，即使遭到拒絕，她也馬上就心服口服地展現向前進的意志……坦白講，連我都覺得自己的姊姊實在太耀眼了。」

明明前陣子我還以為自己在戀愛方面搶先姊姊幾步……一回神，她的背影就已經遙遙在前了。

當我嘆氣時，光正便一邊點頭一邊接著說：

「是啊，我認為哥哥和千秋學姊真的都很了不起，而且帥氣。正因如此，對這樣的現狀……我還是覺得悔恨不已。」

「……或許吧。」

「而且聽說那個冒牌女友，最近還有意無意地躲著我哥哥和千秋學姊不是嗎？」

「啊，那是你直接向哥哥問出來的？」

「沒有，這項情報是我運用自己獨有的心理剖析技術，擅自從哥哥的言行和表情推斷出來的。」

「你以後究竟想當什麼？」

假如把那種能力用在其他方面，他應該會成大器耶。可悲的是這傢伙目前只算得上純正的變態。

光正連我的同情都沒發覺，還深惡痛絕似的從鼻子用力呼氣。

「話說回來，真是受不了所謂的戀愛之神，為什麼祂這麼喜歡擾亂我哥哥的幸福與安穩呢？」

「呃，我倒不覺得學長目前有到不幸……」

我差點忍不住反駁，然而對於「戀愛擾亂了學長的安穩」這一點，我並不是毫無共鳴。

「（在車站的羞恥告白，還有跟姊姊的應對都可以算在內……的確，或許學長和天道學姊交往後就一直在「勉強自己」……）」

我把忙於學生會工作而無法玩情色遊戲當消遣的自己，和學長現在比起電玩，更為了戀愛及友情傷神的處境重疊在一起。

……呃，我並不認為在學生會工作是「無用」的，何止如此，我更覺得那比玩情色遊戲有益而且有意義……

可是，從事有意義的活動，未必就比怠惰無聊的日常生活幸福。

而且我敢肯定，學長也會有同感。

「（雖然附和光正的想法很令人不爽……但是被問到學長費盡心力和天道學姊交往的處境「是否合乎雨野景太的本色」，確實會讓人有點疑問。）」

從這個角度來想，雨野學長還是該和姊姊配成一對——不，跟我輕鬆交往才是最好的！放假時我們倆可以一起玩情色遊戲，然後直接在現實中有色色的進展，實在既怠惰又幸福不是嗎……唔呵呵……

「唔，我剛才有感覺到想對哥哥不軌的妖氣……照這樣看來很近！」

「你到底是什麼來頭！」

光正好像有一小撮頭髮直直地豎起來了。

我一面嘆氣一面看向眼前的電玩店門口。

「總之帶回原本的話題吧。我真的只是來隨便看看遊戲而已，你趕快把所謂的巡邏工作做完就離開啦。」

「不用妳說，我也是這麼打算的。哎，可以的話，我希望趁今天就能將婊子抓去浸豬籠就是了……」

「罪狀是什麼啦，你說啊！」

「意淫罪。」

「如果連這種事情都要問罪，全人類都是罪人了啦！」

「雖然妳對世界的認知就已經夠婊了，不過要抓妳確實是嫌理由薄弱。」

「看吧，我是無辜的。」

「是的，以今天來講……下次我會在車站站崗，以便抓現行犯。」

「欸，我又不會找有錢大叔搭話！」

「那麼，請妳好好享受所剩不多的窯外生活吧，婊子。」

「有人這樣道別的嗎！我受夠了，掰啦，你這戀兄國中生！」

我氣呼呼地跟光正分開以後，就一路朝美少女遊戲區走。至於光正，他真的從店家角落巡邏起來了。那傢伙似乎連貨架邊角的弧度都要仔細檢查……真、真的假的……這不只是過度保護了吧……

不過，一直看著別人家的變態弟弟也沒用。

我自己也換了心情，開始檢視美少女遊戲的新作。

「（一陣子沒注意，不認得的作品又變多了……）」

從情色遊戲移植的作品也就罷了，如果是一開始就是用家用主機玩的美少女遊戲，即使是我也無法都掌握清楚。

「（像這塊領域，就是雨野學長比較熟呢……）」

要論情色遊戲的知識，應該是我懂比較多，不過雨野學長的「廣而淺」思維也不可小覷。因為以結果來說，他大有可能在我不熟悉的類別接觸到傑作或佳作。像我這種專精型玩家要向雨野學長推薦情色遊戲，反而就得走極端偏門的路線。

我依序拿起美少女遊戲的包裝，哼哼唧唧地一邊看著封底一邊神馳於雨野學長。

「（或許學長就是這樣才受電玩愛好者歡迎吧。只要對方喜歡電玩，他都能跟對方聊得滿開心的。）」

而且那當中完全沒有虛假或場面話，以聊天對象來說非常舒心。正因為這樣，學長東拉西扯地也能跟原本就偏愛硬核玩法的天道學姊處得好。

我思索著這些，拿起下一款美少女遊戲，名稱叫《金色小把戲2》。雖然我也不太認得這款遊戲……不過，似乎很有趣。只是大概因為女主角全是金髮，難免會聯想到天道學姊。

我讀著包裝封底寫的「平凡少年為了跟校園偶像親近而努力」這類劇情提要，忍不住想起那兩個人的事。

「（不過像那樣……雨野學長他自己真的覺得開心嗎？真正適合他的對象……果然並不

是天道花憐——）」

我剛這麼想，事情就發生了。

「哎呀，心春同學？妳好，居然會在這種地方遇見妳，真巧呢。」

突然有耳熟的聲音從我背後傳來。

我戰戰兢兢地回頭，便發現站在那裡的——正是我剛才想到的那一位金髮天使。

「天、天道…………學姊。」

《金色小把戲２》的空包裝從我手中滑落。

＊

「啊，對不起，嚇到妳了。」

天道學姊一邊說一邊急著蹲下來幫忙撿起我弄掉的遊戲包裝。回神的我賠罪：「不、不好意思。」伸手要接過包裝……不知道為什麼，天道學姊卻沒有立刻遞過來，而是站起身開始凝視著那款遊戲。

「天、天道學姊？」

我感到心慌，天道學姊就有些害臊地笑著說：「啊，對不起。」並把包裝盒遞過來。

「因為剛才的狀況，簡直跟我和雨野同學初次講話時一樣。」

「咦？」

「沒有啦。我第一次跟雨野同學搭話，就是在這裡。當時他正好拿起了那部系列的第一代作品……所以我才回憶起那時候的事。」

「啊……這、這樣喔。」

我聽著他們認識的經過，並把包裝盒擺回架上。這時候……

「（呃。）」

從貨架空隙能看見光正亮著眼睛偷看這邊。他似乎是隔著貨架從對面那一排偵察我們。

當我感到無力時，天道同學偏過頭來。

「？妳怎麼了嗎，心春同學？」

「啊，沒有……我沒事。」

我沒有道理幫光正掩飾，但是揭發他也沒有任何人會得到好處吧。那只會讓光正罵我婊子，再順便損天道同學幾句而已……雨野光正這個人，無論想幾次都不是個東西耶。光放進手牌就會礙事，他是抽鬼牌遊戲的鬼牌嗎？

我大大地嘆了口氣，然後設法整理好心情，用笑容面對天道學姊。

「真的好巧喔！天道學姊，妳常來這裡嗎？」

「是的，沒有錯。我滿常利用這裡喔。」

「哦～～這樣啊。」

「是的。」

「…………」

「…………」

對話結束了……仔細一想，我跟天道學姊兩個人是能聊什麼？另外，店裡除了我們（和光正），看不見其他客人，店員似乎也在收銀區後面忙事情，要逃避沉默完全沒有去處。

天道學姊有些困擾似的露出笑容，然後就匆匆想收尾。

「那、那麼，我先告辭了。再見，心春同學。」

「咦？啊，好的，學姊再見……」

我差點跟著揮手道別……這時候，有強烈目光不知從何處投來，讓我的背脊閃過一陣寒意。我連忙確認……就發現光正從貨架空隙用眼神對我做了指示。

「（婊子，對這個女人問出她迴避我哥哥和千秋學姊的理由。）」

「（你、你喔……！）」

這傢伙憑什麼要我費脣舌……！儘管我心裡這麼想，然而不甘心的是我自己也想知道這方面的情報……不得已了。

我連忙叫住天道學姊。

「啊，請、請妳等一下，天道學姊！」

「？啊，好的，有什麼事嗎？」

天道學姊停下準備離去的腳步，回頭轉過身。一襲金髮在電玩店裡熠熠生輝……這個人越看越像從美少女遊戲跑出來的耶……

我不禁被她的神性震懾，卻還是設法編織出下一句話。

「呃……該怎麼說呢……那個……最、最近我姊姊似乎有煩惱，她覺得……妳好像在避著她……坦白講，有沒有這回事呢？」

雖然我試著想了許多方案，結果還是開門見山問了出來。不過單就這件事，我是無從婉轉的。

我的疑問讓天道學姊睜大了澄澈的藍眼睛，還露出明顯動搖的模樣說：「咦？那個，呃……」老實講，有點可憐。即使是我，也曉得自己介入得太深了。

我連忙緩頰。

「啊，天道學姊，請妳別放在心上。身為妹妹，我只是對姊姊過度擔心而已。雖然我剛才那樣問，但我認為姊姊本身應該還不到煩惱的地步。我把隱約有那種感覺……這種程度的閒聊解釋得太誇張——」

在我打圓場的這段時間，光正一直對我投以「再問深入一點」這種視線的壓力，但我不管他。

我打完圓場後，就急著邁出腳步說：「那我走了……」主動要離開現場。但是……

「心春同學，請、請等一下！」

「咦……？」

意外的是這次換天道學姊叫住我了。我訝異地回頭，天道學姊就不知為何顯得忸忸怩怩地臉紅。

「抱、抱歉，心春同學。呃……我也有事情想反過來請教身為千秋同學妹妹的妳。」

「這、這樣喔。妳想……問我事情？」

我完全無法掌握狀況而偏過頭。

另一方面，說到天道學姊，能立刻叫住我固然合她心意，但學姊本人似乎仍有所迷惘，她就這樣帶著遲疑的表情沉默了。

不過，對此我耐性十足地等著。與其說是為了天道學姊，不如說是為了姊姊，乃至於為了我自己。

而在貨架另一邊，光正似乎同樣亮著眼睛在觀望情況……你給我滾回家啦，變態。

於是，沉默的狀況就這樣足足過了十秒鐘。

天道學姊總算下定決心似的抬起臉……面對面望向我的眼睛。

然後帶著有些緊張的臉色提出令人大感意外的問題。

「由……由妳看來，千秋同學和雨野同學像是『兩情相悅』嗎！」

「什麼！」

問題未免太出乎意料，讓我詫異地喊出聲音。貨架另一邊則有「強推雨野景太×星之守千秋配對的腦粉」，也就是雨野光正往前湊過來的動靜……說真的，你滾回家啦。呼吸急促地隔著電玩店的貨架偷聽兩個高中美女講話的國中生（戀兄），已經是可以報案的存在了。

我一邊將名為光正的妖怪趕出意識，一邊重新問天道學姊：

「呃……妳這樣問，究、究竟有什麼用意呢？」

「啊，對不起。說得也是，突然被雨野同學的女朋友這麼問，妳要回答也很為難吧。」

「呃，嗯……是啊。」

嗯？剛才這個人是不是有意強調自己是學長的女朋友？還是我的心靈太汙穢而已？聽了覺得有些許牽制用意的，就只有我嗎？

「（……啊，不對，貨架後面的光正對天道學姊的「雨野同學的女朋友」發言嗤之以鼻。糟糕，原來我的心靈跟那傢伙一樣汙穢嗎？要反省。）」

以負面範本來說，那傢伙可以得滿分呢。

我傻眼地望向光正那邊，天道學姊就突然倍加仔細地環顧起四周。她似乎有更深入的事情想談。

一瞬間我曾怕光正被發現，不過他專找天道學姊的視線死角，並且靈巧地不出腳步聲在店裡迅速移動，毫無困難地度過了危機。

「（……你是蟑螂嗎？）」

高性能的變態到底算什麼？雖然我覺得愛玩情色遊戲的學生會長也是半斤八兩，可是看了那傢伙，我真心覺得自己還算正常人，太不可思議了。

天道學姊仔細確認過店裡除了我們以外沒有別人（雖然有大型蟑螂），就又朝我貼近了一步的距離。明明已經是放學後，她的頭髮卻幽幽傳來像是剛洗過頭髮的洗髮精香味……說真的，這個人是怎樣？太像天使反而讓我火大了～

但天道學姊並沒有察覺到我那鬱結的情緒，還臉色認真地開口說明：

「其實呢……之前大家一起投入玩《ＧＯＭ》的那天晚上，我偶然目擊了。」

「妳說目擊……是目擊到什麼？」

難道是目擊到我姊姊翻船的場面？不對，倘若如此，好像就不會問他們看起來是否「兩情相悅」這個問題了……

原本就猜不透的話題讓我頻頻感到困惑。

然而……就在這時候，天道學姊又扔了一顆震撼彈。

「……我目擊到妳的姊姊，和雨野同學成為情侶的瞬間喔。」

「「啥！」」

聽到這個何止是我，連光正都不小心從貨架後頭發出了詫異的聲音。不過，由於我們的反應完全合拍，天道學姊似乎奇蹟性地沒有發覺他的存在。

我嚇得眼睛直打轉，天道學姊就繼續補充說明。

據說她在那天晚上，不期然地落得偷聽學長跟姊姊對話的下場。關於其中詳情，可以省略為「就是老樣子」。

還有，她偷聽到的對話似乎完全就是「兩個人開始交往的對話」，而且談到最後，事情著落在「向天道同學確實做個了斷吧」這樣殘酷的結論。

於是，天道學姊當然是覺得「別開玩笑了」，結果弄到現在就促成她在迴避那兩個人談「正經事」的局面……簡單來說便是這麼回事。

「…………唔、嗯〜〜……」

窘於解釋的我忍不住嘟噥。

……嗯，以過程而言，可以理解。以天道學姊個人轉述的過程而言，我可以理解。

問題只在於……這件事情，我已經從姊姊和學長兩邊聽過正確的來龍去脈了。

我忍不住把手指湊到額頭上，對天道學姊託辭：「請讓我整理一下想法。」然後對這件事展開推理。

「（呃……這是怎樣，什麼情況啊？）」

假如要全面相信天道學姊所說的，事情會變成雨野學長和姊姊其實「已經在一起了」，兩個人卻串通起來騙我……

「（那絕對不可能嘛。）」

我立刻駁斥這種可能性。他們兩個才沒有靈活到可以那樣騙人或隱瞞事情。

既然如此，表示在認知上有所扭曲的還是天道學姊。

「（換句話說，就是那樣嘍？他們兩個在討論告白的事要怎麼了斷，這個迷糊金髮女就依舊陰錯陽差地誤會是「情侶湊成對」。如此解讀真相ＯＫ吧？不對……再怎麼說，這個叫天道花憐的女生總不可能蠢成那樣……）」

當我正打算重新推理時，身為問題焦點的天道花憐便帶著十分感傷的表情梳理瀏海。

「呼……我從以前就是這樣。」

「妳說的『這樣』是指？」

「洞察力太靈敏，反而讓人覺得我是個不可愛的女人吧……連我都對自己感到害怕。」

「（啊，這個人肯定是迷糊蛋。）」

這下子已經可以確定是這個人自己嚇自己了。推理定案。這時候，從貨架另一邊也傳來了像是瞧不起人而嗤之以鼻的動靜……可惡，感覺我跟那傢伙在同一個時間點導出相同結論了。莫非我們的性格一樣惡劣？真是令人惱火的事實。

無論如何，這樣事情便掌握到大概了。我嘀咕：「原來如此。」天道學姊就重新開口：

「只是，要談到我對這項認知是否有絕對的自信，就不是那麼回事了。」

「怎麼說？」

「最令人費解的還是雨野同學的應對方式。妳想嘛，畢竟雨野同學……」

「怎麼樣？」

我偏過頭，對突然有口難言而臉紅的天道學姊表示不解。

天道學姊則是……把手湊到發燙的臉頰上，嬌聲告訴我：

「不就是對我天道花憐喜歡得無法自拔的最佳男友嗎？」

「煩耶。」

哎呀，我沒有用旁白的形式，而是忍不住實際說溜嘴了。然而，不知是幸或不幸，話似

乎沒有傳進目前心花朵朵開的天道花憐耳裡。

她嬌聲嬌氣地自己樂得繼續說：

「心春同學，我想妳也有看見就是了，之前他的告白很精彩吧～～」

「是、是啊……沒、沒有錯……」

「順帶一提，我有將他當時的發言騰成完整文字稿，妳要不要看？」

「不用了。」

「啊，我尤其中意的是這一段……」

「我說過不用了！不要硬把手機塞過來！」

「也、也對喔。心春同學，妳是單身嘛。是我思慮不夠周全。」

「妳讓步還要撒『三角釘』惹人嫌是怎樣！」

當我感到傻眼時，天道學姊就把智慧型手機收進口袋，清了清嗓把話題帶回去。

「換句話說，關於雨野同學對我付出的愛情與誠心，我不太會懷疑……應該說，信任感反而還比較強。」

「啊……是的。」

沒錯，關於這一點，我已經明白得不想再明白了。

「但以結果來說，他卻接受了星之守同學的告白……這實在令人費解。事情不對勁。」

「對呀，有地方不太對勁。是哪裡呢？」

我盯著天道學姊告訴她。但天道花憐完全沒發現我的用意，還帶著真摯的眼神點頭。

「因此，目前我能想到的解讀方式有兩種。」

這麼說的她像在比V字手勢那樣豎起兩根指頭……感覺笨笨的。

「首先最有可能的是……雨野同學為了『體貼』星之守同學，結果就沒能順利拒絕告白的解讀方式。」

不，正常來想，應該是妳誤會了才最有可能，但妳把這一點擺在思考之外嗎？這樣啊。

天道學姊認真地獨自繼續推理。

「這對任何人都是非常不妙的狀況喔。假如他們倆就這樣對我做出『了斷』，然後開始正式交往……雨野同學明明深深喜歡我，卻會變成出於同情心跟星之守同學交往，這對星之守同學而言也是相當可悲的事。畢竟，他其實是愛著我的。」

「啊，是的，這樣喔～」

我一邊挖耳朵一邊隨便聽聽。光正在貨架後頭也在摳耳朵。

然而，跟我們這種馬虎的應對方式呈對比——

天道學姊突然……就像有事情想不開一樣低下頭。

當我納悶出了什麼事而觀望狀況時，她便緩緩地，無力地開口說：

「然後……還有另一種……雖然可能性極低……雖然我這樣希望……但其實一直都梗在我心裡某塊角落的……解讀方式……」

「……什麼樣的解讀方式？」

我催她說下去。

天道學姊……無力地笑了笑，然後向我吐露其實應該連提都不想提的那套「解讀」。

「星之守同學和雨野同學其實是兩情相悅——這樣的解讀方式。」

「…………」

那悲痛的笑容令我不禁啞口無言……實在不是我要說，但我沒辦法像之前一樣把她當「鬧愚蠢誤會的女人」嘲笑。

「……萬一真相是那樣……我所做的事……我這樣『逃避』……就未免太差勁，也太丟人現眼了……」

「…………」

我忍不住朝光正所在的方向瞥了一眼。然而偏偏在這種時候，我看不見他的表情……怎樣嘛……擺副比我壞心的臉來看看啊……

天道學姊說到這裡，便重新對我提出最初的問題。

「我問妳喔，心春同學。由妳看來……妳姊姊和雨野同學，像『兩情相悅』嗎？」

「…………」

我「咕嚕」地嚥下口水。

……因為，我發現了。

這對我來說，是不會再有第二次，千載難逢的機會。

「（目前該不會……這段戀愛的生殺予奪全握在我手裡？）」

察覺的事實太過重大，使得肩膀微微顫抖。

「（我現在，是不是可以……任意操弄一切？）」

要幫天道學姊打氣，當然可以。

相反地，只要我毅然提出姊姊和雨野學長是真的兩情相悅的證詞……要讓天道學姊和學長的關係告吹也是輕而易舉。

而且這麼一來，我還可以直接聲援姊姊。

更有甚者。

就算我要直接搶走學長——也一樣可行。

「（一切都隨我高興……）」

——身體不住顫抖；思考理不出頭緒。

想想在這之前，我……星之守心春這個人，在這齣戀愛劇中，總是有某個部分被隔絕在一步之外。

因為我讀別校；因為我晚到；因為學年不同；因為我只是，星之守千秋的妹妹。

儘管理由有許多種，不管怎樣，我離雨野學長的心最遠，這很明顯。

……我一直都在想。

假如雨野學長在真正落單的時期能最先認識我。

我跟雨野學長肯定會像現在這樣，東拉西扯地互相耍蠢……並在最後建立起既幸福又無聊……而且開心的情侶關係吧。

我們之所以沒變成那樣，全是因為時機不好而已吧。

……以放棄戀愛的理由來說，那太差勁了。怎麼可能讓我死了這條心。

可是，換成現在。

我，星之守心春——

得到了可以重啟雨野學長的一切，讓自己成為第一的機會。

「學、學長他……雨野學長他…………」

事情發生得太突然，令嘴唇發抖。

……根本沒什麼好猶豫的。畢竟是對方主動向我徵求意見，我只是講出我的見解，才沒有任何過錯。

朝自己的戀情邁進，有哪裡不對？

我在心裡重複自己過去曾丟給姊姊的話。

「我的戀情……要由我自己來培育。」

對。這樣就行了。這是我的信念。

更何況，這又不是只對我有好處的事情。

理當在貨架另一邊豎起耳朵的光正應該也希望哥哥的戀情告吹。

還有更重要的是……就算雨野學長只是暫時變成活會，我們家姊姊也會很樂見其成才對。

當然，之後我打算把他搶到手。

是的，這沒有任何不對……沒有錯。所以，妳要敢於開口，星之守心春！

「…………」

我下定決心，挺起胸脯。

面對面望向天道花憐不安似的閃爍著的眼睛。

光明磊落地，帶著笑容。

忠實地順從我內心滾沸的欲求——

——做出如此的回答。

「雨野學長他……深愛的當然是妳啊，天道學姊。」

*

「（我是白痴嗎啊啊啊啊啊啊啊啊啊啊啊啊啊啊啊啊啊啊啊啊啊！）」

從命運時刻過了約十分鐘。我目送心情變得大好的天道學姊回家以後，就將雙手指頭湊向美少女遊戲的貨架，低下頭，盛大地發出嘆息。

「（為什麼！為什麼我沒有騙她！我傻了嗎？想死嗎？沒種嗎？偽善嗎？不管怎樣，十分鐘前的我真是夠了！）」

明明是我自己下的決定，現在我卻完全不明白自己的動機。

「（感覺我好像是本著某種莫名其妙的信念才這麼做的……）」

但是，現在我想不起來那是什麼信念。感覺那是連十分鐘前的自己也沒有順利轉換成言語的動機。

「（為了那種動機，就糟蹋掉讓自己和姊姊成就戀愛的機會……我真是有病……）」

我又發出嘆息，並且茫然地睜開眼睛。於是，在我眼前的貨架上擺著《金色小把戲2》的包裝盒。

「…………」

我離開貨架旁邊，不經意地拿起包裝盒，再次端詳。

「（……像這樣，肯定是選錯選項了吧……）」

明明玩了這麼多美少女遊戲及情色遊戲，為什麼會在真實人生中犯下這麼初步的選擇錯誤呢？從遊戲裡簡直什麼都沒有學到。可是……

「喂。」

「嗯？」

當我茫然望著包裝盒時，忽然有聲音從旁邊叫我。猛一看，在那裡的似乎是不知不覺中繞過貨架來到眼前的光正的身影。

「是是是，我曉得你要說什麼啦～～」面對依舊繃著一張臉的變態國中生，我嘻皮笑臉地如此回話：

「搞什麼嘛，痴女，妳很沒用耶，痴女。你想講的就是這些吧？真抱歉喔，沒幫你拆散你哥哥和天道學姊。我還不是希望那——」

是的，就在我自暴自棄地回話的那個時候。

他——雨野光正，經過這樣的我旁邊，並低聲發出嘀咕。

「妳很笨耶……………跟某個脾氣彆扭的哥哥一模一樣。」

「咦？」

儘管我聽得不太清楚……以光正而言實屬難得的柔和說話聲讓驚訝的我忍不住回頭。

於是，光正仍背對著我……還換成一如往常的嚴厲嗓音對我道別。

「掰啦，痴女守學姊。」

「你叫誰痴女守！喂，光正！你等一下！」

光正不理我的抗議，匆匆離去…………真是，那傢伙是怎樣嘛……

……哎，不過多虧如此，對自身愚蠢感到沮喪的我才脫離了負面循環…………嗯。

「…………好啦，難得來一趟，就買這個回家吧。」

我拿起《金色小把戲2》的包裝盒，帶到收銀區。

當我發著呆等店員從櫃台後面拿商品時……忽然間，我察覺了一件事。

「這麼說來，那傢伙第一次尊稱我『學姊』耶……」

雖然痴女的稱呼完全沒有去掉，即使如此，要說有進步好像也算有進步…………

……為什麼會有進步，這我一點也不懂。

然後，店員從店裡面拿著遊戲軟體回來了。

「讓您久等了。這套遊戲要現在結帳嗎？」

「是的，沒問題。」

我如此回答，帶著笑容結完帳以後，就將商品放進包包，走出店面。

就這樣，當我朝著即將下山的夕陽獨自走去時……很不可思議地，我發現自己已經不太沮喪了。

現在我反而還對新買的遊戲滿懷期待。

「（沒能貫徹戀愛，溫溫吞吞地過著半吊子的日常生活……哎，也不壞啦。）」

我對自己的單純露出苦笑。

於是，今天同樣平凡得令人傻眼的放學後便伴隨著遊戲結束了。

✖電玩咖與行前準備

有女朋友；有長得帥氣的朋友；偶爾也陪朋友的女朋友商量感情事；到了最近，甚至還被女朋友以外的女生告白。

你們曉不曉得像這樣站上現充頂點的男人叫什麼名字？

咦，不曉得？是喔，因為你們是落單族嘛。即使網路新聞每條都會看，想接收現充界資訊也毫無來源吧，在某種意義上屬於情報弱者呢。沒辦法嘍。

那麼，由我來為你們介紹吧。

大家好，我正是現充界之王，簡稱現充王的雨野景太。

哎呀～～老實說，我最近實在太受歡迎了，傷腦筋～～好忙喔～～都沒有空消遣～～還睡不太飽～～

唉，不過這也沒辦法，誰教我是萬人迷呢？

想想看嘛，雖然像你們這些落單族或許不懂，人際交往是很累的喔。要陪朋友玩，要跟女朋友約會，還要聽別人傾訴？

哎～～肩膀好痠～～餐飲的開銷好大～～我已經沒辦法像你們一樣，只把錢花在電玩動漫上面了～～傷腦筋耶～～真傷腦筋～～

不過變成這樣以後，我反而覺得……我是說「反而」喔，對於有充分時間留給自己，而且繭居在家的落單御宅族——哎呀，失禮了，對於像你們這種可以為興趣而活的自由人，我反而覺得羨慕了呢。

真想跟你們交換～～我對女人已經覺得膩了～～我反而想一個人玩電玩呢～～

雖然說，除了我以外，能勝任這個位置的人可不多耶！

ＨＡＨＡＨＡＨＡ！

想想看嘛，畢竟我跟你們最大的差異……這種話說出來是不討好，但「做人的能力」不就是我們之間的最大差異嗎？

無論是女朋友、朋友、向我告白的女生。唉，怎麼說好哩。

他們都是被男子漢「雨野景太」散發的魅力吸引，才會靠近過來。

所以坦白講，這並不是任何人都能取代的位置。不好意思，好像害你們抱了希望。不是任何繭居的落單御宅族拗到最後都能變成這樣，只有輕小說才會這麼順利。否則，也要像我這樣的「真男人」才行。

好啦，那我差不多該走了。我忙得很。

咦？問我去哪裡？

那還用說嗎？

我要離開這個把我設定成現充之神的旁白世界，到現實的世界。

換句話說，就是十一月某日的二年F班，教育旅行的分組時間——

「那麼，有沒有哪一組願意讓『落單』的雨野同學加入呢～～？沒有嗎～～？那就由各組代表猜拳，猜輸的那組要收留雨野同學！好啦，你們別噓了～～！」

——位於這個世界的，地獄。

*

「我不想活了……」

開完班會決定分組的下課時間。我憂鬱地趴在桌上嘀咕，坐到前面位子的上原同學語帶苦笑地打了圓場。

「喂喂喂，雨野，『不想活』這種話不能隨便說的。」

「……沒關係，上原同學，我現在說這句話……並不是隨便說的。」

「那問題就大啦！欸，雨野，你別那麼沮喪啦……」

「薄情的叛徒不要講話。上原同學，你都沒有自告奮勇把我加進你們那一組。」

我稍微抬起臉瞪了上原同學一眼，他就別開視線搔了搔頭。

「不、不是啦……我是想讓你加入啊。可是，我們這組早就已經太多人了，氣氛上實在不可能為了讓你加入就不惜把其他組員踢走……」

「你就是這種人耶……」

「唔。不、不然換成你在我的立場會怎樣？要把我加進你那組，就非得踢掉天道或三角……在這種情況下，你也會邀我加入嗎？」

「對不起喔，上原同學，你要保重喔。」

「你也是這種人嘛。」

上原同學傻眼地看著我。我發出嘆息，畏畏縮縮地沮喪也沮喪夠了，就從桌上抬起頭。

接著我帶著一絲「實際感」與苦笑，向上原同學吐露自己目前的真實心情。

「說來奇怪，我覺得這樣也有這樣的好。」

「你說的『這樣』是指？」

「哎，應該說，至今我在班上的待遇就是這樣。」

我挪動視線望向教室。有兩個男生看著這邊，嘻嘻哈哈地拿我剛才出醜的事當笑柄……這並不是我的被害妄想，情況滿嚴重的。令人洩氣。

於是，上原同學露骨地蹙眉，狠狠瞪了他們。糟糕。

我連忙帶回話題。

「呃，不用這樣啦，上原同學。實際上，我就是個適合當哏的人才嘛。」

「可是你……」

「何況我剛才也講過，這樣好像可以讓我上緊發條耶……果然沒錯，只要我待在這個班上。」

「上緊發條？」

「嗯。」

我一邊搔臉一邊繼續說：

「你想嘛……最近有你願意像這樣跟我講話，還有天道同學願意跟我交往……這樣子，我動不動就會得意忘形。我會以為自己終於也成了『什麼人物』。」

「什麼人物……這樣啊。」

儘管我的用詞很抽象，沒想到上原同學毫無疑問就接納了……在高中嶄露頭角的他，或許也有所感觸吧。

「雨野景太一會兒是天道同學的男朋友，一會兒是電玩同好會的成員。像這樣，我覺得自己好像……得到了頭銜或者扮演的角色，又或是歸宿……因為，大家都對我很好。」

「欸，實際上就是這樣吧。你是天道的男友，也是電玩同好會的雨野景太啊。」

「是這樣沒錯。不過……那終究是天道同學還有你，以及千秋跟亞玖璃同學給我的，並不是我自己努力得來的角色或頭銜。待在沒有大家保護的這個班級……就能讓我體認到這一點。」

到頭來，我依然算不上什麼人物。既不像千秋會創作，也不像上原同學能帶動氣氛。我仍舊只是……待在班上角落，個性又內向的雨野景太。

可是跟天道同學或上原同學開心聊天，我一不小心就會忘記這一點，我會以為連自己都成了什麼了不起的人物。像剛才逃避現實那樣……擺起臭架子的我差點就現形了，所以……

我對上原同學投以微笑。

「當我快要驕傲起來時，這個班級就會點醒我。就這層意義來說，我真的心存感謝。」

「你的脾氣能彆扭成這樣，挺誇張的耶。我看你遲早會對萬物都心存感謝。」

「哎……話雖如此，這個班級倒是讓我醒得太澈底了……」

唉——我垂頭喪氣。雖然說……全都是我的責任。

實際上，我到現在還是跟上原同學以外的同學一點都不熟。之前我曾抱著美好的幻想，以為自己大概可以順順利利地和上原同學那一群親近……哎，結果依舊像這樣各有所棲。

上原同學一邊嘆氣一邊帶回話題。

「到最後，你加入了鏑木那一組對吧？」

「嗯，是這樣沒錯。」

我瞥向窩在教室邊緣的男生三人組。於是，他們好像也在看我們這邊，視線對上了。他們三個瞧不起我似的莞爾一笑，接著就彼此對望，不知所謂地哈哈大笑起來。附帶一提，在三個人中間把腿蹺上桌，椅子還坐得搖來晃去的那個福態的人，就是團體中的核心人物，鏑木左近。

他們大概算溫和派的不良少年……不對，算溫和理性派的不良少年吧。雖然總是帶著瞧不起一切的眼神，對周圍也擺出高壓的態度，實際上卻不會施暴或者跟人正面衝突。

那三個男生總是一起行動，對旁人則有排外性，所以跟上原同學這種現充型人物似乎也不對盤。至於跟身為班上弱勢的我……關係應該是不言而喻。對他們來說，雨野景太是個剛剛好的消遣。

上原同學看似吃不消地繼續說：

「然後加上你本人，還有剛才也在嘲笑你的村田他們倆，有六個男生同一組是嗎？……雖然說這種話是不太好……根本地獄嘛。」

「別、別講了啦……」

被班上特別針對我……應該說，嚴重鄙視我的一群人圍繞著參加教育旅行……光想我就胃痛了。

「……假如是我碰到這種事，已經會考慮缺席了喔……」

「都、都叫你別講了嘛。」

「可是……」

「何況要是缺席，那五個人應該更會毫不顧忌地嘲笑我啊。」

「你跌落的地獄還真猛，無處可逃耶。」

「嗯。所以嘍，即使賭一口氣，我也絕對不會缺席就是了。」

我如此談到自己的決心，然後笑了笑，上原同學卻有些退縮。

「……你的骨子裡，滿、滿像『男子漢』的嘛……」

「？沒有啊，當下我胃痛成這樣，不管有什麼表現都只能算小角色了。」

「……我的意思是不知地獄多痛苦就跳進去的人，以及明知痛苦還跳進去的人，哪一種比較扯？」

我針對他的比喻思考了一下。「啊，要這樣講的話——」然後說出突然想到的事。

「實際上，像天道同學那種會對地獄有快感的人，才是最扯的怪胎。」

「虧你敢隨口說自己的女朋友是怪胎耶。」

「啊，不對，可以把遊戲裡描繪得有如地獄的血腥場面，開開心心地當成魅力來討論的那個人也很離譜……而且我還認識能把遊戲做得像地獄一樣的人物……」

「總之我有感受到你身邊全是一些超乎尋常的怪胎了。」

「哎，不過在那當中，你仍然是我最好的朋友。」

「但我現在就想退還你封給我的朋友稱號。」

「為什麼要突然講這麼過分的話！」

我跟朋友聊著聊著就忽然被宣布絕交了。

我心慌意亂地發抖。「開玩笑的啦，開玩笑。」上原同學笑著如此帶過。

這時候，宣告下課時間結束的鐘聲響遍四周。

上原同學起身要回自己座位，在離去之際還用溫和的臉孔轉向我問：

「不過，實際上你不肯在旅行中缺席……另有真正理由吧？」

「啊，穿幫啦？」

我搔著後腦杓回應他的問題。

「要說的話……即使旅行中顯然有九成的時間都會很難受，可是……假如去了，就有一絲絲可能性和天道同學一起享受旅行，那我就會隨傳隨到。」

我害羞得紅著臉這麼回答。

上原同學哈哈笑出來，然後不知道為什麼，又重複了一遍剛才說過的句子。

「雨野，你的骨子裡果然是個『男子漢』。」

天道花憐

星之守同學眼裡含淚在發抖。

「有沒有哪一組願意讓星之守同學加入呢～～？可以的話，希望大家能自願耶～～你們想想看嘛，用猜拳之類的方式決定，會讓星之守同學變得像是『多餘的』，很可憐不是嗎？

可以的話，請你們主動把星之守同學接回自己的組別～」

做事認真有能力，因此就有些粗線條的班長森同學，正嘮嘮叨叨地催促各組別自願讓星之守同學加入。多虧如此，星之守同學在這五分鐘左右都一直紅著臉發抖……說穿了就是處於被示眾的狀態。

「（對她來說，弄成這樣乾脆用猜拳的還比較輕鬆吧……）」

「那個……」我實在看不過去，就略為客氣地這麼開口並起立，然後不著痕跡地向森同學提議用猜拳或抽籤解決。但她卻看準時機，外框呈銳角的眼鏡鏡片一閃，駁回我的意見。

「哎呀，天道同學想把同班同學當成『多餘的』來對待嗎？」

「不、不是，我並沒有那樣的意思……」

森同學對我曖昧的苦笑嗤之以鼻。

「那能不能請妳不要出半吊子的意見？這會礙到大家討論。」

「……對不起。」

我覺得太執意跟對方辯，反而會給星之守同學造成困擾，只好坐回座位。旁邊的同學看了森同學，傻眼地表示：「她那是怎樣啊？」

「老是把天道同學當成眼中釘，大概班上不是以自己為中心就不滿意吧。」

「哎，森同學是班長嘛……」

「就算這樣，感覺還是很糟。哎……話雖如此，我們這組要收留星之守也有點不方便就是了。」

「…………是這樣沒錯呢……」

我聽了同組同學的意見，忍不住一臉沉思，觀察星之守同學的狀況。

「…………」

說到她那邊，則是依舊滿臉通紅地低著頭，還不時對班長及周遭細聲賠罪：「對、對不起……」那模樣……真令人不忍。

「（說實在的，我是想幫忙……）」

只要我開口收容她，一切就解決了——難就難在我的立場無法這麼單純地處理事情。

這是因為……雖然由我來說會有顧忌，實際上，我這一組正是因為有天道花憐在，才「大受歡迎」且「競爭率激烈」。換句話說，「想跟天道同學同一組，卻沒有如願～～」的學生在這個班上多如過江之鯽。

在這種情況下，要隨意接納星之守同學……我到底會不好意思。感覺上就像靠關係被人稱羨的知名企業錄取。如果不滿只會集中在我身上就罷了，害星之守同學犯眾怒也不好。

「（更何況……目前，我個人也不想和她有太多交集……）」

實際上，現狀是她跟雨野同學宣布交往的事情仍未解決，可以的話，我想避免跟星之守同學長時間相處。

說來說去，儘管我和星之守同學是電玩同好會的伙伴，卻遲遲無法對她伸出援手。

還有一項痛處在於「分組」是五六人的事。其實這個班級並非所有同學都對他人冷漠，假如是兩人一組的活動，應該也會有人在獨斷下答應跟星之守同學一組。然而，這是關係到全組的問題，並不是憑個人的裁量就能擅自決定讓距離感微妙的成員加進來。

所以像這種時候，我會希望暫時離席，讓組員之間先開會討論。

「呃，不好意思……可以讓我說句話嗎？」

「……妳有什麼事，天道同學？」

班長明顯一臉厭煩地看我，儘管這讓人心生不快，我還是努力擺出笑容，客氣地向她提議讓各組之間討論看看。然而……

「妳又來了啊，天道同學。居然想無視沒組別的人，擅自將各組成員定下來，讓要好的同學聚在一起聊天，這樣是不是有點神經大條呢？」

「不、不是的，不過，與其這樣耗下去……」

「所以啦，只要有哪一組肯收留星之守同學，事情就可以結束了！天道同學，說真的，妳能不能別多嘴，以免討論拖更久呢？」

「…………對不起。」

……我只好退讓，然後就座……森同學的做法讓我感到不耐，但是基本上……我曾被期盼成為這個班的班長，卻為了自己的電玩社活動而有負眾望。對她，我無法用太重的口氣。

森同學憨直地催班上同學發揮「善意」。

「好了，有沒有哪一組願意收留星之守同學的！」

「「…………」」

所有人都從她面前轉開目光……這是當然了。

於是，森同學終於不耐煩地開始敲講桌。

「欸，真的都沒有人要收留星之守同學嗎？身為同班同學，這樣會不會太冷漠了？星之守同學也是我們的一分子耶。」

星之守同學終於像承受不住地把臉壓得更低。

「…………」

「……天道同學？妳怎麼了嗎？」

「咦？啊……」

猛一回神，不知不覺中我已經用指甲使勁在桌上刮出聲音。同學擔心似的從隔壁座位偷看，我連忙粉飾。

「沒有，我沒事。」

我臉色從容地如此回答，並對自己也不解的情緒產生疑惑。

「（我究竟在想什麼……星之守同學確實是同好會的伙伴，但現在更重要的是，她是我的「勁敵」，我沒道理設身處地為她著想到那種地步……）」

當我思索著這些時，忽然某個男生說著「有～～」舉起手。

森同學問「什麼事」之後，他就懶洋洋地提議：

「既然班長這麼堅持，乾脆由班長那一組收留星之守不就好了嗎？」

「咦？」

彷彿毫無那種念頭的班長睜大眼睛。大概是因為那種反應不恰當，班上同學頓時落井下石地起鬨。

「說得是啊，由班長那組收留就能解決一切了嘛。」

「對對對，擺那種與己無關的態度，會不會太奸詐了～～？」

「我認為解決問題是班長要負責的工作～～」

班上同學們口口聲聲提起對班長的不滿。

就連班長也服輸了，她無奈地聳聳肩，語帶嘆息地嘀咕：

「……真是的，沒辦法嘍。」

「…………」

我的肩膀悚然發顫。儘管隔壁座位又傳來「天道同學？」這樣關心的聲音……但是，我已經連反應都做不出來了。

森班長推了推眼鏡，打從心裡感到麻煩似的將身體轉向星之守同學。

「那麼星之守同學，妳就『跟著』我們這一組吧，行嗎？」

聽了這句話，星之守同學變得滿臉通紅，卻還是盡力擠出生硬的笑容，對森班長的提議表示——

「好、好的，請、請多多指——」

「等一下！」

——正當她要接受的那一剎那，我大聲碰響椅子用力站起來。

「「…………」」

我發出的氣勢讓教室變得一片寂靜。

在班上同學屏息守候下……我立刻露出平時的客套笑容，然後直接穿過教室，走到縮在邊邊座位上的星之守同學身旁。

「……天、天道同學？」

仍坐在座位的她……星之守千秋發愣地抬頭望向我。多麼令人可憎，我的情敵。想搶走雨野同學的小惡魔，眼前最大的煩惱源頭。可是……

「欸，天道同學？雖然我們算是在開班會，但現在仍舊是上課時間，請妳收斂自己的行為——」

森班長似乎不滿地對我提出了規勸。

……但是，與我無關。

我微微笑了笑，然後將手繞到依然坐著的星之守同學的肩膀，用力把她摟住。

「咦！」

星之守同學疑惑地叫出聲音，班上同學們也為之瞠目。

不過，我絲毫沒有被大家的反應動搖，還毅然地向大家宣示：

「誰會將星之守同學讓給連她有什麼價值都不曉得的組別呢？聽好了，無論誰要怎麼說，從現在起，星之守千秋就是屬於我——天道花憐的了。不許有異議，懂嗎？」

「「…………」」

班上同學們呆若木雞，什麼話都回不了……真是的。

我露出更燦爛的笑容……相對地，語氣卻是狠勁十足地問：

「懂嗎！」

霎時間，以森班長為首，班上所有同學……不，何止如此，連在教室邊緣昏昏欲睡的班導師都——

「「遵、遵命，夫人！」」

——所有人都挺直背脊起立，對我立正敬禮。

上原祐

「那麼，結果電玩同好會只有天道和星之守是分到同一組啊？」

開班會決定分組的當天放學後，二年F班教室。

雖然電玩同好會正如其名，平時始終都在聊電玩，不過今天難免就從頭到尾都在聊教育旅行的話題。

我說的話讓星之守大顯興奮地點頭。

「是耶，好像是耶！哎呀，我果然有福份！當時的天道同學對我來說，真不知道有多麼像『王子』！實在感激不盡！」

「請、請妳別再提了，星之守同學。」

天道羞紅了臉勸阻星之守。不過，星之守還是興奮難抑。她光想著要對我們表達自己的感動，手揮來揮去繼續說：

「我已經覺得用『天道同學』稱呼不夠禮貌了！以後我對天道同學不用『大小姐』之類的敬稱恐怕是不行的！」

「妳想當我的什麼人啊？麻煩妳還是叫同學就好。」

「我了解了，大小姐。」

星之守挺直敬禮做出回應……天道就笑得越來越嚇人地逼近她。

「……星之守同學～？」

「……對、對不起，天道同學……可、可是可是，維持這樣的稱呼，我實在克制不了在自己內心作亂的『敬愛之意』……」

「不不不，『敬愛之意』應該是不會作亂的吧……」

「唔唔……唔唔……小姐……大小～～～～～唔啊～～～～～……！」

「還真的在作亂！我、我明白了！要不然，我們互相叫名字吧，用名字稱呼。呃，星之守同──不、不對，千秋同學。」

「！可、可以嗎？我了解了，花、花花花花……花憐大人！」

「欸欸欸～～千秋同學～～？」

「……嗚嗚……花……花憐……同學……」

「是的，非常好。」

「唔唔……」

星之守垂頭喪氣，改用正常的稱呼。即使如此，她眼裡對天道投注的好感仍沒有蒙上任何陰影……完全心悅誠服。假如星之守是狗，她眼裡充滿的尊敬與好感大概足以讓她搖尾巴搖到斷掉。

當我和亞玖璃感嘆事情可真妙時，卻只有某個人……只有雨野景太看似不是滋味地生著悶氣旁觀這一幕。

「唔……明明我才是天道同學唯一的忠犬……！」

哪門子的對抗意識啊？雖然可以感覺到他滿懷愛意，但是以當男友的人來說對嗎？我甚感疑問耶，雨野，倒是互稱名字這一點才要先懊惱吧。當忠犬是怎樣？

天道被兩條麻煩的忠犬黏上，就深感麻煩似的嘆了氣，然後轉向我重啟話題。

「不過，沒想到上原同學和雨野同學會分在不同組。我還以為說來說去，你們兩個最後都會走在一起……」

我用苦笑回應天道的疑問。

「是啊。不過雨野就算加入我這一組，感覺還是很尷尬。應該說，他仍然會覺得自己格格不入吧。由我來說怪怪的，但親近的朋友和其他人嘻嘻哈哈玩在一起時，應該也會有種莫名的……孤、孤獨感？」

儘管我表達得略為含糊，耳朵很靈地聽見我們講話的雨野卻立刻更正我的用詞。

「嗯，要是上原同學在我旁邊跟其他男生玩得很開心，我想我肯定會『嫉妒』！」

「用詞！虧你敢在女朋友面前大大方方地用那種詞！」

「因為這是事實啊，沒辦法！我不會也不想隱藏這份感情！」

「你還是這麼有男子氣概！但是你展現氣概的時機肯定錯了！」

「哎，分組的事無所謂了啦……不過，上原同學，我、我們要一起進澡堂喔。」

「你也不要隱約流露出女人的臉色！幹嘛一邊臉紅一邊裝可愛邀我！別在我的故事中猛烈營造出女主角的格好嗎！」

「啊，進澡堂的時候要是三角同學也在，感覺就更開心了。」

「我已經只覺得你是別有深意了！」

「咦，什麼深意？」

「……夠了……」

我認為再扯下去只會讓自己損傷慘重，便決定退讓。

雨野代替心已累而暫時休息的我，繼續向天道說明：

「哎，其實就像上原同學說的。即使我跟他分到同一組，八成也會出現其他煩惱，從這種角度來想，我目前的組別也不錯。」

雨野如此笑了笑，天道就安心似的微笑說：「是嗎？」猛一看，亞玖璃和星之守也露出了比較放心的神情。然而……只有我獨自蹙著眉。

「（不，實際上就是不好吧。對雨野來說，他分到的組別在我能想像的範圍內，差不多可以說是最糟的。）」

他們鄙視、厭惡、嫉妒雨野，甚至對當事人毫不掩飾那些情緒。完全由那種傢伙聚集而成的組別……難以估計雨野在精神上會受到多大的壓迫。

然而，雨野絲毫沒有顯露出那種模樣，還自我消遣地笑著說：「哎，反正我到哪裡都是落單族。」……不知道他是在耍帥，或是不想讓在場女生多操心。

「…………」

我瞄向天道與星之守……獨自發出沉沉的嘆息。

「（……天道對身為情敵的星之守都伸出援手了，反觀我……）」

對雨野以外的朋友有顧慮，確實也是我的理由，即使如此，我仍不應該將雨野……將朋友輕易交給那種組別。

「（可惡……我在做什麼啊？）」

後悔之念源源湧上……自從升上高中以後，我總是這樣。對每個人都花心思善待，表現得八面玲瓏，不斷找出更好的答案，然後……

……事後才發現自己另有「真正的想法」而感到愕然。

當我獨自被後悔折磨時，亞玖璃似乎察覺到了，便純真無邪地開始逗雨野，想藉此轉換氣氛。

「啊哈哈，雨雨只要待在有人的地方，基本上都會過得像地獄嘛～」

「人被妳講得像蟑螂一樣！其、其實只要沒有跟妳在一起，地獄也還算好的啦！」

「人家也不想跟憂鬱電玩宅旅行啊～」

「我、我也不想跟光看外表就夠輕佻的辣妹逛古都！」

「什麼話嘛～！」

「不然妳想怎樣！」

雨野和亞玖璃依然像家人一樣，毫不客氣地鬥起嘴。

我忍不住用羨慕的眼神望著他們倆。

「（……我……就是沒辦法像這些傢伙一樣，把想法直接化為言語……）」

這肯定是在高中嶄露頭角的弊病。這兩年來，我活著全是將重心放在「察言觀色的應對」甚於自己的想法。大概就是因為這樣，腦袋會比我的心更快對一切做出判斷。

要做什麼決定時，總是先想到：「大家（對方）會怎麼想？」「怎麼做才是最不傷和氣的？」這並不是壞事，要順利在這個社會上存活更是不可或缺的能力才對……然而看到雨野他們，我不時會對這樣的自己感到羞恥無比。

「（光正之所以討厭我，針對的肯定就是這個部分吧……）」

實際上，這次我考慮過「與周圍的協調」以後……結果就把雨野切割掉了。這對雨野造成不利……從整個班級的觀點來看，這肯定是正確的判斷。照理講，就整體來說應該是風險最低的解答。

可是，對雨野個人來說，就只有糟糕透頂。明明如此……雨野卻……

「總之，我對現在的組別很滿意！反正又沒有妳在！」

「氣人耶～～……雨雨……待會兒你到廁所後面——按下牆上的骷髏圖案開關，然後在隱藏樓梯出現以後來底下的陰暗地下室找我。」

「那是什麼約碰面的地點！我到底會被妳怎樣！」

「……咯咯……我會在那裡……讓你見識真正的『雞肉白菜鍋』。」

「居然是美味大〇戰式的邀約！可是，正因為這樣，我反而更不知道自己會有什麼遭遇了！救、救救我，上原同學～～！」

雨野突然來依靠我。他的眼裡……對我一點都沒有憤怒或者不信任，那反而……讓我更加難受。

「好、好啦。喂，亞玖璃，欺負雨野也要有節制喔。」

「討、討厭啦～～祐～～人家才不會欺負外人呢。」

亞玖璃一被我搭話就露骨地裝可愛，相對地，雨野則是躲在我背後回應：

「騙、騙人！亞玖璃同學每次對我這個外人都根本不心軟的……」

「討厭啦，雨雨跟人家早就不算外人了嘛。」

那樣的口氣曾讓我一瞬間為之心驚。不過……亞玖璃接著說的，當然依舊是裝瘋賣傻的耍寶詞。

「雨雨已經……是人家的『眷屬』了啊。」

「眷屬！咦，原來我是妳的眷屬嗎？」

「嗯，沒錯啊…………話、話說雨雨，人家對電玩用語不熟，才要問你……眷屬就是指使役魔、小弟、僕人之類吧？是這個意思吧？」

「先不管對或錯，我有感受到妳用這個詞是什麼意思了！」

「那就好。」

亞玖璃說著就對雨野露出惡魔般的笑容，下個瞬間卻又帶著天使的微笑對我要求：

「總之呢，祐～你也曉得，人家本來就是非常溫柔的女生～……只不過對那個噁心阿宅例外，把他還來啦。用骨頭熬高湯很花時間啊。」

「這個人想用我做雞肉白菜鍋～～！」

雨野淚汪汪地抖個不停，還發自內心想要依靠我。亞玖璃則帶著賊賊的笑容逼近……真受不了這兩個傢伙，在我煩惱正經事的時候……

我說著：「是是是，我知道你們感情很要好。」安撫這兩人……接著就若無其事地把話題從分組的事帶開。

「不過，要在大阪、京都、東京住四夜……不知道該說老套還是行程塞太滿。」

星之守說了「就是啊」附和我的話。

「那個那個，記得是大阪一夜、京都一夜、東京兩夜對吧……總覺得好露骨喔，有種想趁這個機會一口氣玩遍本州的感覺……」

「不過，對人家來說，光是沒有在京都、奈良住三夜就可以先放心了。換成大都市，不就可以盡情逛街買東西跟享受美食嗎？人家尤其想利用這次機會做一次咖啡廳巡禮呢～」

「啊，這倒也是。」

令人意外地，對亞玖璃表示同意的是天道。她翻著不知從哪裡拿出來的「旅行簡章」，還一邊檢討。

「我也希望務必藉這個機會走一遍。」

「哦?怎樣怎樣,感覺天道同學也有感興趣的店家嘍?人家視情況也可以陪妳——」

「——都會區強者雲集的無證照遊樂場。」

「再見,天道同學。教育旅行,我們『各玩各的』吧!」

亞玖璃把天道從「姊妹淘」的位置澈底切割了。

然而,天道渾然不覺似的「呵呵呵」微笑。

「這是個少有的機會,可以跟全國大賽或連線對戰那種『檯面上』遇不到的異類玩家見面。要充分享受才行呢……呵呵呵……」

「嗯,天道同學到底想從『教育』中學些什麼呢……?」

這個美少女旅行的目的,連旨在逛街或美食的辣妹都傻眼了。

天道清了清嗓,重新帶話題。

「當、當然嘍,我也是女生。這趟旅行,我還有其他重要目的。」

「對嘛。我們學校的偶像,總不可能那麼缺乏女子力——」

「我要將雨野同學吃乾抹淨。」

「這個金髮妹突然亂講什麼啊？」

我們幾個同好會的成員都啞口無言，天道則自顧自地向大家娓娓道來：

「這可是旅行耶，大有機會看到平時看不到的雨野同學不是嗎？剛睡醒的雨野同學、昏昏沉沉的雨野同學、剛洗完澡的雨野同學、暈機的雨野同學、被擔架抬走的雨野同學、和惡魔簽約獲得新力量的雨野同學。」

「最後的雨雨未免也太稀有了啦！還有妳想在旅行中追求什麼！」

「追求什麼……那當然是跟雨野同學的幸福時光啊。你說對不對，雨野同學？」

雨野被天道點名，還以為照他的個性會害羞……結果完全不是，他反而跟天道一樣興奮得昏了頭。

「當然了，天道同學！我、我也一樣有心想看各式各樣的妳才會去旅行啊！剛睡醒的天道同學、昏昏沉沉的天道同學、剛洗完澡的天道同學、在東京鐵塔上擺ＣＬＡＭＰ站姿的天道同學、用歌曲之力退敵的天道同學……還有在表參道咖啡廳大出洋相的鄉下辣妹。我就是為了見識這些才去旅行的！」

「喂，那邊的噁心阿宅，你剛才有沒有趁著對天道同學獻殷勤順便嗆人家？啊？」

亞玖璃抱怨，可是這時候雨野和天道已經含情脈脈地互望，完全進入兩人世界了。

星之守帶著苦笑替話題做了總結。

「哎，那個那個，總、總之不管怎樣，教育旅行真令人期待呢。再說第四天好像可以到東京的……應該說，到千葉的迪士特尼樂園玩一整天。」

「對啊，而且那一天不是按組別活動，情侶就可以一起活動……」

話說到一半，我不禁閉上嘴。

……星、星之守正看著我們這邊，還無力地露出空洞的笑容。

「就、就是啊……各對情侶都可以會合呢……哈哈……」

糟糕。坦白講，這個電玩同好會平時就有兩對情侶和一個單戀者，對星之守來說實在不能算親切的團體，走到這一步卻變得更顯著了。

雨野、天道、亞玖璃三個人也察覺到狀況，難堪的寂靜支配現場。

於是乎……沒想到最先打破沉默的居然是雨野。

「啊，這麼說來，迪士特尼樂園最近好像蓋了新的遊樂設施耶，天道同學。」

「咦？呃，是、是啊，沒、沒有錯。記得印象中……是不是將ＶＲ和立體光雕技術融合而成，很有震撼力的軌道車射擊娛樂設施呢？」

「就是那個、就是那個。然後呢，我記得那在最後會統計出各自的分數，對吧。」

「或許……是那樣沒錯。」

天道對話題摸不著頭緒而偏過頭。當我、亞玖璃還有星之守也感到困惑時，雨野清了清嗓……接著在下個瞬間，他用食指朝星之守猛然一指。

「那我們就在那裡分個高下，看誰的電玩技術才是真正高明吧，千秋！」

「……咦？」

星之守呆住了。雨野像在掩飾害臊，又用比平時挑釁的態度繼續對星之守說：

「除了看待『萌』的態度以外，我們其他能力值被視為完全一樣也好幾個月了。我覺得我和千秋是時候分個高下，看看實際是哪一邊的電玩能力比較強！沒錯！」

「是、是喔，這樣嗎？……既、既然如此，即使不去迪士特尼樂園，我們也可以找遊樂場或用掌機對戰啊……」

「不，錯了錯了，千秋！要在難得去一趟的迪士特尼樂園用新娛樂設施比才有意義！這樣的話，我們兩個都完全無法事先練習！換句話說，考驗的就是真正純粹的『電玩力』！」

「啊～～……聽你這麼說……或許是耶……」

「那麼，表示妳答應跟我比賽嘍，OK嗎？」

「這、這樣喔……也可以啦……」

星之守被雨野的氣勢壓過，便答應他的提議。然而不只星之守，當所有人都在疑惑這究竟是在扯什麼的時候……

雨野就微微笑了笑，說著「那沒辦法嘍」為話題做了總結。

「為了在嚴謹的條件下較量，當天千秋要跟我一起行動才可以。畢竟讓她在我不注意的時候偷練習就頭痛了。」

「啊……」

這時候，我們才總算察覺雨野想表達的意思。

我、亞玖璃和天道不禁看了彼此的臉……然後各自開口對雨野的提議表示贊同。

「既然如此，我身為你的保護者，也要見證這場比賽才行嘍。」

「假如祐決定這樣，人家也要跟著去～～再說人家也想看雨雨輸掉～～」

「要用最新的電玩娛樂設施比分數是嗎？身為電玩社社長，我不能錯過這項活動。請務必讓我同行。」

「你、你們……」

此時星之守濕了眼眶，卻又連忙揮手拒絕。

「不不不，你們真的不必在意我，男女朋友去玩就……」

可是，雨野對此不爽地回應：

「哦，意思是妳甘願不戰而敗。」

「唔。景、景太，我並沒有那麼說！我絕對不會輸給你！」

「那就接受比賽啊。我們一起領快速通行證……恐怕要傍晚左右才會輪到我們，所以妳至少在那以前都要跟我們一起走。」

「……可、可是可是……那樣的話……」

星之守瞥了天道一眼。對此雨野大概也有什麼想法，就提出比較向女友靠攏的意見。

「……呃，不然這樣吧。對戰結束以後，至少要讓情侶在晚上遊行時有兩人獨處的時間。所以在那之前……不好意思，妳就陪著我吧，千秋。」

雨野如此對她微笑。

至於星之守……儘管稍微低著頭，下一瞬間卻像往常一樣對雨野露出挑釁的笑容，做出回應。

「真是的，拿你沒辦法。我明白了……景太，我接受你的挑戰！」

「就該這樣嘛。」

雨野和星之守像運動家宣誓一般互相握手，我和亞玖璃則帶著笑容旁觀。

整個電玩同好會都充滿了溫馨的空氣。

…………然而在這當中，只有一個人。

「…………」

只有天道花憐在祝福的笑容中顯露出一絲絲陰影。

＊

「妳說雨野和星之守暗地裡開始交往了！」

在冷清的大型書店參考書區，有我鬼叫的聲音響遍四周。

「欸，你聲音太大了啦，上原同學。」

在我旁邊怪罪似的蹙眉的，則是我們學校奉為偶像的金髮少女。

「呃，可是，妳……」

嘴脣只會開開闔闔，連話都說不好。因為天道剛才帶來的情報實在太過出奇，我的腦袋無法好好整理狀況。但是光看她認真的眼神，似乎並非開玩笑或捉弄人一類的把戲。

我做了一次深呼吸，同時也為了先轉移注意力，就朝周圍看了一圈……明明是平日傍晚，客人卻稀稀疏疏的鄉下大型書店。實際上，這是附近面積最廣，品項也充實豐富的書店，無奈離市中心較遠，因此店裡生意常常都不太興隆。然而，由於這裡也有許多市區小書店看不到的書，還算受到當地居民愛護。

所以今天電玩同好會活動結束後，中途與亞玖璃分開的我也來到這裡，想找附近書店已經賣完的漫畫新刊……

碰巧就在這時候，我接到了天道突然傳來的簡訊說：「有懇切想談的事。」

老實說，起初我顧及「和女友以外的女性單獨見面的風險」而一度打算拒絕，但天道接著又表示「不會占用你太多時間」。收到這種「不太像她作風」的急迫簡訊，我只好決定跟她見面。

天道似乎剛好也在書店附近，聯絡過了五分鐘就來到這裡會合。我們決定直接到人影稀少的參考書區站著講話。在書店裡閒聊並不是什麼好誇獎的事，但是正如前面所述，這裡屬於鄉下典型的「面積大得誇張卻沒幾個客人」的書店，感覺不會被別人打擾，何況天道是知名人物，我就怕跟她單獨進咖啡廳會傳出閒言閒語。以這點來說，在參考書區就算被人目擊，也可以用一句「恰巧」收拾。

於是我們倆站在一塊，茫然望著擺參考書的書架，並且小聲地打了招呼……但是，天道隨後提出的「正題」太有震撼力，讓我嚇得說不出話，直至此刻。

這時候，天道忽然不知道對誰低下頭賠禮。放眼望去，我剛才的行為似乎讓我們受到疑似主婦的女客人注意，我也趕忙低下頭。然後，那名女性笑了笑示意，又繼續找她要買的東西。幸好對方是個好脾氣的人，我們安心地捂了胸。

「抱、抱歉抱歉。但妳會那樣疑心，到底是為什麼……」

「好的，我跟你說。事情是發生在前陣子大家一起玩《ＧＯＭ》的那天晚上……」

接著，天道就簡單扼要地將她起疑心的經過告訴我。

但仔細聽過以後，要說到我的第一印象嘛……

「……看妳認真在煩惱，感覺我說這種話是不太好意思……不過客觀聽起來，老實說我覺得頗有平時那種『烏龍事件』的味道。」

「啊，果然是這樣嗎？」

對於天道的認知，我露骨地做出納悶的回應，但天道本人同樣給我看似認同的反應。

她將手湊在臉頰，語帶嘆息地繼續說：

「目前在我心裡，這件事也有九成落在『好像是我誤會了耶』的定位。」

「喂喂喂，搞什麼嘛。白白害我嚇一跳～～」

我無奈地聳聳肩……因為天道專程把我叫出來，語氣認真地討論起事情，我還以為出了什麼狀況……

感到疲倦的我連認真聽她講都嫌蠢，就不經意從架上隨便拿參考書翻了起來。

「既然妳有九成把握是誤會，向當事人確認就好了嘛……欸，話說，太扯了吧，原來基測會考這麼難的題目喔？」

我拿在手裡的似乎是過去基測的數學題目……但我看得懂的也就只有這樣。這不只是不會算答案，連題目在問什麼都看不懂……我在音吹的學力應該沒那麼低才對啊……

當我對升學隱約產生危機感的時候，天道從旁邊瞧了我翻開的問題集，然後嘀咕：

「……我啊，不太喜歡塗答案卡的考試形式呢。」

「咦，為什麼？我倒喜歡耶，塗答案卡。就算問題完全不會，也有機會矇中不是嗎？」

「是這樣沒錯。可是，正因為多了其他可能的選擇，反而……」

話說到這裡，天道便微微垂下目光嘀咕：

「也會讓人對原本有把握的答案懷著些許猶疑。」

「……這樣啊……或許是耶。」

我安分地點了頭，然後闔起考古題，擺回架上……向天道開口。

「抱歉，剛才我回應得太輕率了……縱使可能性在一成以下……對妳來說，仍然會打從心裡害怕那套推理吧。」

「…………是的。」

天道垂下目光，看似要咬住下嘴脣地對我說：

「……其實，之前我也找過心春同學討論這件事。」

「找心春學妹？」

「是的。呃，我偶然在電玩店遇見她……原本我也明白這種事不該隨便傳出去……汗顏的是，憑我一個人實在承受不起。」

「嗯……」

目睹亞玖璃和雨野開始交往——要是我目睹了會產生這種誤會的場面，大概也會做出和天道一樣的反應吧。心懷不安……卻遲遲無法鼓起勇氣向當事人確認，話雖如此，又沒有堅強得能夠獨自承受。

從這種角度來想，或許找心春學妹談這件事可以讓人認同是距離感恰恰好的討論對象。

我催天道繼續說下去。

「然後呢？心春學妹怎麼說？」

「嗯……她說是我誤會了，還說雨野同學應該是喜歡我的，她如此替我打了強心針。」

「哦…………說來說去，她果然是個不錯的女生。」

「就是啊。」

天道淺淺微笑。實際上，心春學妹說的話應該是拯救了差點被不安壓垮的她，可是……

「不過……光靠那樣，到底還是無法『完全治好』這股不安呢。」

「嗯……或許也對。」

好比只填補了槍傷的表面，當劇痛消退，外觀也變得完好如初……子彈依舊留在體內。

即使過日子不成任何問題，還是會留下疙瘩。

然而如果想根治，方法只有一個。

「…………既然如此，我看妳還是只能直接問了吧。」

想將子彈從體內取出，只得把傷口再挖開一次。

「說得是呢……」

天道無力地笑著，彷彿在表示「她明白」……哎，我想也是啦。

她就這樣沉默下來。為了舒緩氣氛，我刻意又拿起考古題。這次換國文。翻開書頁，可清楚看見從文學名著引用的段落。

〈從劃線的段落D理解主角心境，並從下列①～④當中選出一個適切的答案〉

……我不擅長這種題型。雖然我曉得題目要的答案，可是心裡總不太能接受。心境方面的事，我認為除了當事人以外，任何人都沒有權利決定什麼才是正確答案。嚴格來講，肯定就連那篇作品的作者都無權決定。

這時候，天道望著我翻開的考古題並嘀咕：

「……那種事情，除了當事人以外，不會有人曉得的……」

「……是啊。」

她那麼說，指的是這篇閱讀測驗嗎？或者……

我一邊翻過考古題的頁面，一邊打趣似的咕噥：

「不過，當事人所講的未必是事實，就是人類的麻煩之處吧。」

「……呵呵，說得對呢。像你宣稱『對女友會專情』，就是個好例子。」

「並不是。」

我在這些傢伙心目中的形象是怎樣？都定型成搭訕男了嗎？哎……感覺上這好像已經變成一種笑料了，我是不至於橫眉豎眼啦。

我翻開漢字考題的頁面並問天道：

「所以呢？妳跟我談這些，是希望我怎麼做？想要我不著痕跡地跟雨野確認嗎？」

「不，那倒不必。靠別人到那種地步並不合我的性子。」

天道斷然予以否定……她依然是個堅強的女生。「既然如此，為什麼找我……」我這麼問，天道就表示：「這個嘛……」並稍微顯露出煩惱的模樣。

「不知道為什麼，在決定直接問雨野同學和星……千秋同學之前，該怎麼說呢……我希望有人輕輕『推我一把』。」

「這樣的話，即使不找我也行啊……」

「不，上原同學……之前在星之守家玩升官圖時，你不是問過女朋友嗎？問她對雨野同學是怎麼想的。」

「啊～～……那次是嗎？原來妳都看在眼裡啊，天道？」

「說我看在眼裡，不如說你問的問題有稍微傳進我耳裡。之後亞玖璃同學是怎麼回答的，我就聽不太清楚了。」

天道解釋以後，又繼續說：

「不過……現在我自己落得這種處境，對你就重新感到佩服了。有勇氣直接問那種事……值得坦然尊敬。」

「呃……沒那麼誇張啦……」

為了掩飾害臊，我別無用意地又將國文考古題從第一頁開始翻起。

於是，天道大大地嘆了口氣。

「相較之下我就不行了。事情一牽扯到雨野同學……會讓我頓時變得……軟弱無比。」

「反過來看……這就是妳對他的用情之深吧？我倒覺得這樣也很厲害。」

「是嗎……也可以想成我對雨野同學並未完全信任就是了。」

「妳要那樣說的話……或許是沒錯啦……」

我一下子說不出緩頰之詞，因為我自己以前也像她這樣……對亞玖璃有並未完全信任的部分……不，錯了。我對現在的自己也是這樣吧。

當我變得一臉安分，天道就說：「可是——」對話題重新做了表述。

「當時你鼓起勇氣問了，還有，雖然我不清楚詳情，但你有得到好的答案，對不對？」

「是啊，也許算吧。」

「所以說，我也希望能效法。」

「原來如此。」

我總算可以理解天道為何會找我討論……為何會選我「推她一把」了。

我闔起考古題，放回架上以後……就重新轉向天道，面對面向她投以微笑。

「放心吧，天道。在我聽來，妳說的那件事，十之八九是妳自己嚇自己。」

「是這樣嗎？」

「是啊。所以……妳就放膽找雨野和星之守，堂堂正正地跟他們對質吧，肯定會有好結果的。」

「…………感謝你。」

天道一瞬間濕了眼眶，隨後就掩飾似的對我深深低下頭。

儘管我有些被嚇到，但既然她想那樣做，我便默默接受她的感謝。

天道就這樣深深低下頭過了大約三秒，才抬起臉龐。

這時候，「天道花憐」平時那副神清氣爽的笑容已經回到她臉上了。

「上原同學，你是個好人呢。」

「是吧是吧，沒錯吧。既然妳明白了，差不多也該修正對我的認識——」

「是的……正因如此，你的搭訕男嫌疑反而只會變得更深。」

「為什麼啦！」

「跟女友以外的女性偷偷在人少的地方碰面，還設身處地為對方打氣……這樣的男生很那個耶。老實說，我不敢領教。」

「太不講道理了吧！虧大了耶，現在是怎樣？我一點好處都沒有！」

「好處是嗎？這個嘛……啊，那麼，我付現金好嗎？」

「感覺更勢利了啦！陪朋友的女朋友討論還收錢，算什麼男人啊！」

「……話一說出口，就比我想像的還要人渣呢。」

「真的耶！我不需要妳的錢啦！不過，拜託妳多少對我抱有敬意或好感！」

「哦，換句話說，妳都有女朋友了，卻還希望從朋友的女朋友身上得到好感，這就是你想表達的意思嗎……簡直人渣到極點呢。」

「要那樣說也沒錯啦！唉……夠啦，隨便妳。我累了。」

總覺得我最近對於把我當搭訕男或渣男看待的狀況已經有抗性了。那些人要那樣看我就隨便吧，麻煩耶。

我決定盡快講完這次討論的結論，然後走人。

「總之，因為無聊的誤會就跟另一半搞隔閡也不是辦法吧。再說教育旅行就快到了。」

我一邊說一邊離開教科書區。「是啊。」天道也跟在我後面，如此回答。

「上原同學，話說你那邊狀況怎麼樣？最近跟亞玖璃同學處得好嗎？」

「唔唔……」

迴力鏢飛回來了。沒錯……情侶間在搞隔閡的，反而是我這邊。

天道側眼看著懸疑小說區，一臉過意不去地問道：

「難道說，你還在介意雨野同學和亞玖璃同學的事情？」

「呃……要說的話也不是沒有啦。」

坦白講……天道大概也一樣吧。之前那次接吻未遂的畫面，至今仍會在我的腦海裡閃現。而且正因為這樣……為了抹消那段記憶，我也想跟亞玖璃推進關係……

結果我越是這麼想，就越難脫離朋友間的輕鬆調調了。

我這麼告訴天道以後，她也洩氣地表示：「我可以體會……」

經過收銀區旁邊，再穿過自動門，刺骨寒意就忽然來襲。

我們縮著身體邁步，打算先一起走到彼此歸途的分歧點。

天道在旁邊冷得將下巴埋進圍巾。而我就像在回敬剛才那些似的，要她陪我討論深入一點的問題。

「呃，老實說……和我相比，亞玖璃最近跟雨野在一起的時候，感覺是不是更開心？」

「是啊。」

隨問隨答，毫無體恤之情，在這種氣氛下的回答更顯得千真萬確。

天道還對沮喪的我落井下石。

「倒不如說，我覺得亞玖璃同學最近在欺負雨野同學時，就是她最燦爛的時候。老實說……在我看來，也會覺得她在那種時候非常可愛。」

「真的假的？」

「真到不能再真了。身為雨野同學女朋友的我在嫉妒的同時，甚至會羨慕雨野同學跟如此可愛的她能有家人般的肢體接觸呢。」

天道語帶嘆息地這麼嘀咕，我便戰戰兢兢地試著問她：

「……反過來說，亞玖璃最近跟我講話時……」

「……唉，坦白說，靜得像隻進了別人家的貓呢。」

「什麼話啊，那不就絕望了嗎？」

「請放心，上原同學。」

「放心什麼？」

「……跟我在一起時的雨野同學，多少也會給我那種印象。」

「啊……或許對喔……」

「…………」

「…………」

並肩走在寒風吹拂的北方大地……還帶著某種淒涼氣息的男女。

就這樣默默不停走著的我們，來到了彼此歸途的分歧點……

「……掰啦。」

「嗯。」

只打了一聲極為簡短的招呼。

然後就冷得發顫地各自踏上孤獨的歸途。

……

…………不知道為什麼，我現在亂想吃燉濃湯的。

雨野景太

參加完電玩同好會回到家以後，平時做完兼職應該會比我早到家的媽媽不在。看來她似乎順路去哪裡買東西了。

「……那就來玩吧。」

我看離晚餐還有一段時間，立刻採取了行動。迅速從制服換成家居服，順便簡單洗把臉，急急忙忙地準備要玩電玩。往杯子裡倒茶，擺到客廳桌上以後，我就躺在旁邊的沙發並啟動電玩掌機。無上的幸福時光開始了。

——就在這一瞬間，我有種不可思議的感慨。

「（奇怪，總覺得很久沒像這樣懶懶散散地玩電玩了。）」

我當然常常碰電玩，但也許是因為最近大多只有抽空摸一下，不太有「玩得好過癮！」的感覺……呃，雖然光看合計的遊玩時間還是會讓一般人不敢領教……該說是心情上的問題嗎？想想看，就跟睡眠時間一樣，小寐一小時八次，和一口氣睡上八小時，「睡過」的感覺就截然不同吧？正是這麼回事。

我趴在沙發上，利用扶手的斜面稍微撐住掌機本體，並且哼歌埋首玩遊戲。

目前我玩的是精靈奇可夢的新作。透過名叫精靈券的道具當媒介，收集、培育、交換許多種精靈並享受對戰的ＲＰＧ。

說實在的，這種以對戰或交換為主……簡單說就是牽涉到他人要素居多的ＲＰＧ並不合我喜好。理由我不想提。不用說也曉得吧。別逼我講啦…………因為我是落單族。

話、話雖如此，我會跟弟弟玩，到國中時期為止也算有認識幾個奇特的熟人和朋友，因此過去的系列作玩過滿多款。所以老實說，儘管不太有跟他人競爭或合作的打算，這次我還是跟往常一樣買回來玩了。

「唉，實際玩了以後，倒是獨樂樂也好玩到讓人不甘心的程度……」

我忍不住喃喃自語。

這個系列的厲害之處，我覺得是在即使玩單人遊戲也非常有意思的部分。由於作品性質，它往往被認為是以跟人對戰或交流為重，在網路上容易成為話題焦點的大多也是這些環節，但就算獨力一點一滴地養育奇可夢來過關，同樣樂趣十足。

捕捉野生奇可夢，進行培育，組成隊伍，和敵方組織戰鬥和克服考驗，然後往前推進。到了跟高強的奇可夢訓練師對戰之際，就要考慮敵人持有的奇可夢傾向與出場順序，接著再思考我方的屬性相剋來挑選奇可夢以及招式。若是自己的戰略完美成功，便能沉浸於爽快感；相反地，看到對手祭出意想不到的奇可夢或招式，自然也會為之驚訝，在拮据的戰局中對招式成功與否感到有喜有憂。我評價遊戲的基準有「和強敵交手是否令人覺得有趣」這一項，不過奇可夢系列肯定稱得上可以享受和強敵交手樂趣的遊戲。

而且更棒的是，基本上這款遊戲的精靈都有分配到公平的可塑性。

呃，當然了，只要到網路上找，爭論奇可夢強弱的意見多得是。然而就算不管那些，只照著自己的喜好來培育奇可夢，起碼在單人遊戲也不會有任何問題。何止如此，在跟人對戰時憑著基於愛訂定的戰略，某種程度也還過得去。

奇可夢就是一款平衡度如此神奇，又充滿了愛的遊戲。

「……哎，雖然我根本找不到正好適合自己的對手就是了。」

……遇到這種情形，正因為遊戲內容超有趣，坦白講有時也會讓人反過來由愛生恨！可惡！線上對戰的對手等級太高了啦！假如身邊有等級恰到好處的對手該有多好——慢著。

「咦，對了，不知道千秋有沒有玩奇可夢耶。」

由於最近有告白那件事和教育旅行的紛紛擾擾，都不太能提起興致跟大家聊電玩。假如千秋也有玩，感覺她正好會是個不錯的對戰對手……

當我茫然地神馳於這樣的可能性時，玄關大門傳來打開的動靜，隨後就有少年發出「我回來了」的聲音。結束社團活動的弟弟似乎到家了。等他打開客廳的門，我就向他搭話。

「你回來啦，光正。」

「我回來了，大哥……咦，媽媽還沒到家？」

光正一邊放下行李一邊問。我依然將目光落在掌機上答話：

「嗯，她應該是去買東西吧。」

「哦……大哥，所以你趁魔頭不在，就大玩特玩啊。」

光正賊賊地露出壞心眼的笑容，還低頭看向躺在沙發上的我。畫面上正好開始跟穿泳裝的女生角色對戰，因此有點難為情。

我湊向前以便遮住畫面，還鼓起腮幫子。

「怎、怎樣啦，有什麼關係？」

「並沒有人說有關係啊。自我意識過剩的御宅族真討厭。」

「唔……」

從我這個弟弟身上依舊感受不到任何對兄長的尊敬或友愛。我有些羨慕說來說去還是跟自己的妹妹聊得來的千秋……雖然說，光正一向用這種淡然的態度對待我，也有讓我感到救贖的時候……

光正依舊俐落地收拾完東西，換好衣服，就推開我的腳硬是擠到沙發上來。我本身也不覺得在意，最後還把腳翹到光正大腿上繼續玩遊戲。

光正擅自喝了我倒好的茶，還拿遙控器開始隨便轉台。他好像沒有明確想看的節目，晚間新聞才聽到一半，他就轉台了。

轉到最後，頻道落在「從碗裡出現了大量鮮蝦……！驚人的大分量餐點！」這種無關痛癢的新聞節目特輯，話雖如此，好像也沒引起他多大的興趣。光正把地方女性播報員的誇張反應當成背景音樂，把玩起智慧型手機。

我們兄弟倆在客廳各玩各的過了一陣子……然後，大概經過了五分鐘吧。當新聞的大分量餐點介紹到第三家店時，光正咕噥了：

「……餓了耶。」

「嗯，時間也晚了，節目又在介紹吃的。」

「對呀。不過說到我們家裡，都沒有人對這種特大碗的餐點感興趣。」

「畢竟食量不大嘛，端出不合需求的分量也沒用。」

望向電視，就看見大量鮭魚子從碗公滿出來掉到托盤上的景象。播報員興奮得花枝亂顫……哎，鮭魚子看起來是很好吃啦，但是坦白講，我會希望適度適量地淋上去就好。

我又把目光落在遊戲上。這時候，光正繼續問了：

「……大哥，我問你喔，跟天道學姊在一起時……你開心嗎？」

「怎麼突然提這個？」

我露出苦笑，目光始終朝著遊戲，並回答：

「那還用問，當然開心啦。非常開心。」

「是喔？」

光正像是覺得沒什麼意思地回應。是他自己要問的，反應也太淡薄了。反正對他來說，那只是填補空檔的閒聊吧。

玩遊戲正樂的我同樣不放在心上。意外的是……光正又繼續問了。

「……那麼，跟千秋學姊在一起時又如何？」

「千秋？」

雖然不曉得他現在為什麼會突然提到千秋，但我覺得也不用想太深，就坦然地回答：

「嗯，開心啊，滿開心的，聊電玩也合得來。雖然有部分會互相敵對……但最近連那些地方在內，我們都樂在其中吧。」

尤其是告白那件事過後，那種傾向就逐漸變得顯著。沒想到甩人與被甩造成的「隔閡」並不深，互相揭露心思反而讓我們聊得更開懷。

「哦～……滿開心的，是嗎……」

光正依舊帶著淡薄的反應在看特大碗餐點的特輯……剛才那些似乎真的只是用來填補空檔的對話。光正給人的距離感還是老樣子。

我們就這樣不時拿新聞節目當話題閒聊，大約過了十五分鐘，玄關再度傳來動靜，這次是提著購物袋的媽媽回家了。

媽一邊誇張地唸著「好冷好冷」一邊走向廚房，然後將蔬菜和飲料之類放進冰箱，並跟我們兄弟倆說話。

「抱歉抱歉，我在書店站著看女性雜誌，不小心就拖得這麼晚。」

「哦～」

只有我姑且做了反應，光正只顧著玩手機。當然，他並沒有跟家人不和。這大概類似長男和次男的角色分配吧。

當媽媽為了把車鑰匙收進客廳櫥櫃而匆匆走來時，忽然像是找到什麼珍藏的話題似的朝我這裡看了過來。

「對了對了！欸，景太，媽媽今天有看見喔。」

「妳是指看見什麼？」

仍專注於遊戲的我催媽媽說下去。接著，媽媽就說出了令人意外的話。

「你們學校很有名的……就是那個，忘記叫什麼名字的金髮美女！」

「咳咳！」

我不禁嗆到。光正難得瞥了媽媽一眼。

他代替心慌而咳個不停的我把對話接過去。

「妳是說天道花憐學姊？」

「對對對，八成就是她。哎呀～～真是個可愛得像洋娃娃的女生呢～～媽媽嚇了一跳耶。她是吃什麼才長成那樣的呢？」

媽一邊盯著我的短腿一邊嘆氣……順帶一提，我這個媽媽完全不曉得我和天道同學是情侶。雖然還不到隱瞞的地步，可是正如外表所見，她是個相當通俗的「三姑六婆」……因此並不是我想積極把話攤開來講的對象……假如天道同學要來我們家，那就另當別論了。

光正也是對這部分懂得察言觀色的人，所以往下談的時候沒有觸及這一點。

「所以說，那位天道學姊也在書店？」

「沒錯沒錯，還跟疑似她男朋友的帥哥在一起呢。」

「「咦？」」

我和光正兩個人一起表現出訝異的反應。媽一瞬間不解似的微微偏了頭，不過想講話的欲求似乎更勝於疑惑，便招了招手繼續說：

「感覺他們之間的氣氛不尋常喔。哎，一開始我還以為怎麼會叫我，忍不住就偷看了他們那邊的狀況。」

「「是、是喔。」」

或許……那並不是媽媽的錯覺。假如她遇到的是天道同學，會在對話中提到「雨野」這個詞也沒什麼好奇怪。

但更重要的問題在於，跟天道同學在一起的帥哥是什麼人……

我不動聲色地試著向媽媽刺探。

「呃……那個帥哥男友，是什麼形象的人？」

「？你問這要做什麼？」

「做什麼……妳、妳想嘛，說不定是我認識的人啊。」

「你在高中不是沒有朋友嗎？」

我媽好恐怖，雲淡風輕地捅自己兒子的心。

我帶著扭曲的笑容催她說下去。

「我、我最近多少也算認、認識了幾個朋友。」

「哎呀，這樣嗎？那太好了。是什麼樣的孩子？你有認識女孩子？」

媽媽連連追問。別說認識，扯到最後我連女朋友都有了。而且我交的女朋友，就是我們話題中談的那個女生……從我媽媽的立場來想，這些資訊恐怕超展開過頭了……但我嫌麻煩就不打算現在跟她說。

「不提那些了，天道同學的帥哥男友，是什麼樣的人？」

會是三角同學、上原同學，或者我完全不認識的人……？

當各種可能性在我腦子中打轉時，媽媽就一臉困惑地回答：

「即使你想問，誰會記得那麼多啊……」

這倒也是。只在街上看過一眼的人，根本不可能記得有什麼特徵，就算問得出來，我也沒辦法認出對方是誰——

「啊，不過印象中，那是個聲音和反應亂誇張的男生呢，以諧星來說的話，就是……搞笑時會嗆『什麼日子啊！』的那個人？」（註：影射諧星小峠英二）

「是上原同學。」

認出來了。當我苦笑時，媽媽就意外似的看著我繼續說：

「哎呀，真的是你認識的人？」

「大概啦。」

「…………真的嗎？」

「別滿懷疑心地端詳我的腿有多長好不好？」

還不是妳把我生成這樣的。

我幽怨地望著媽媽，她便繼續說：

「好啦，先不管她那個男朋友的奇行異舉。」

「奇行異舉。」

上原同學做反應的絕活被隨口講成奇行異舉了……這樣啊……上原同學的那種調調看在不認識的人眼裡，會覺得是奇行異舉…………討生活真不容易。

「不過，外表看起來實在是賞心悅目的情侶呢。可愛的女生旁邊果然就該配帥哥。」

「唔……！」

「你想嘛，藝人之間的格差婚也一樣啊，儘管蔚為一時話題，結果還不是一堆處不好的案例？」

「會、會嗎？可、可是，也有像羅密歐和茱麗葉那樣的真愛……」

我眼光亂飄，這樣告訴家人，光正就面無表情地吐槽：

「那兩個到最後不是都死掉了？以家人的立場來說實在受不了耶。」

「光正～～～……」

我弟對哥哥還是這麼無情。這傢伙對哥哥都沒有愛的嗎？

當我低聲埋怨時，媽媽似乎已經對這個話題膩了，就拍拍手走掉。

「好啦，該弄晚餐了！今天要煮景太愛吃的漢堡排喔。」

「啊，好耶…………不對啦！」

我還來不及抗議，媽媽就去做晚飯了……雖然我很期待漢堡排啦！

生氣的我看向光正，想得到口頭上的安慰。於是……他同樣瞧不人似的看著哥哥，還嘀咕著：

「哎，爭氣點……在最後因為誤會而衝動自殺的傻羅密歐。」

「你的用詞！再、再說我又不是羅密歐！」

「哦～～那你就無論如何也無法和茱麗葉結成正果嘍。」

「啊。」

「哥哥是平凡人，要學學普通人，找個下女過幸福的日子才好。這樣就夠了。」

光正說著目光落在智慧型手機上。從廚房那邊則傳來媽媽下廚時高興地哼著歌的聲音……這、這些人都不懂我的心思……！

…………

說不定，我滿缺乏家人關愛的。

＊

「菈蓓亞詩？」

離教育旅行終於只剩十天的某日放學後。

在家庭餐廳聽亞玖璃同學提起陌生字眼的我喝著飲料吧的稀釋可樂，並且歪過頭。

「沒錯，菈蓓亞詩。」

對面辣妹再次說著露出滿意的微笑。氣氛似乎是在考驗我的知識。我看……這屬於現充就會知道的字眼。

我將杯子放到桌上，然後在胸前交抱雙臂連連點頭。

「菈、菈蓓亞詩喔。嗯，我曉得。菈蓓亞詩很有名的。」

「對嘛。雨雨，就連你也曉得啊。」

「當然嘍。說起那個……呃……是前陣子，我們家親戚小朋友，呃～～……」

「是呀，小朋友也喜歡那個呢。」

「原來如此。」

「原來如此？」

亞玖璃同學對我的反應露出納悶表情。她喝了一口熱檸檬茶，然後繼續說：

「畢竟它輕輕柔柔的，感覺很不錯……」

「是啊………還有，呃～對了，味道相當甜——」

「啊？」

「——嗯，沒那回事。菈蓓亞詩不是那樣的。」

「嗯，我想味道是不甜啦……」

「對啊。倒不如說，味道清淡又吃得出鹹味——」

「啥？」

「當然亦非如此……………………………」

當我轉開視線，額上開始冒汗時，亞玖璃同學就傻眼似的嘆氣，然後用宛如看透一切的同情眼神望了過來。

「……我說啊，雨雨。」

「是的，什麼事，亞玖璃同學？」

「菈蓓亞詩……指的是熊寶寶玩偶喔。」

「………………是這樣喔………………嗯，我當然也曉得啦。」

「欸，沒得接關了啦。你那種『裝曉得』的形象已經完全玩完了。」

我們還是老樣子，在家庭餐廳裡交流一些無關緊要的事情……接著──

「「………呵呵！」」

感覺我們倆同時笑出來了。亂開心的。

老實講，我們倆很久沒像這樣來家庭餐廳了。發生過接吻未遂那件事之後，雖然說表面上已經算做出了結，彼此仍有許多顧慮，我們倆單獨見面的頻率也就明顯降低了。

但是久違地試著像這樣舉行家庭餐廳聚會，其實沒什麼大不了的，我們依舊是我們。

……我由衷慶幸我們還是可以完全跟以前一樣當「朋友」。

我們倆如此笑了一會兒，亞玖璃同學就重新提出正題。

「菈蓓亞詩呢，是每天只在迪士特尼樂園的店鋪限量發售的熊寶寶玩偶喔。特徵在於一定是兩隻成對，無論插畫、鑰匙圈或玩偶，沒有任何一隻是被畫成落單的。」

「啊……所以說，菈蓓亞詩是將ＬＯＶＥＲＳ和ＢＥＡＲ合在一起創出來的詞嗎？」

「正是如此！欸，雨雨，你覺得如何？」

亞玖璃同學亮著眼睛問我。

面對這樣的她，我也用純正的無邪笑容做出坦率的回應。

「我覺得研發的相關人員最好全部毀滅。」

「為什麼啦！」

我一邊嘆氣一邊回答拍桌的亞玖璃同學。

「表示那是否定落單族存在的種族，對不對？只能視為與我為敵了。」

「你現在還不是交到了名氣超響亮的女友！」

「假如妳以為『有女朋友＝有朋友的高階種』就大錯特錯了！亞玖璃同學，妳對落單族一點也不了解！」

「不不不！明明有女朋友了，還自稱落單族的人是怎樣！正常來想，那非常煩人耶！」

「妳察覺到了啊，亞玖璃同學。沒錯，我就是這麼煩人。不過正因如此……如今連在落單族業界都失去棲身之地的我，反而稱得上真正的落單之王吧！」

「這是什麼鬧彆扭的方式！雨雨你越變越奇怪了……欸，不對，你原本就是怪人嘛。」

「不，我並不是怪人，我是路人型角色。在我骨子裡的路人特質已經深得被別人說奇特還會覺得有點高興。所以，妳居然叫我怪人……請不要隨便用這麼美好的詞稱讚我！」

「呃，人家覺得你鬧彆扭的方式已經足以進入『奇特』的領域了……」

「哎呀，話題偏掉了。我們回到正題吧。」

「也對。」

「然後呢？亞玖璃同學，我們什麼時候要跟那些色態仔宣戰？」

「什麼正題啊？……唉，雨雨，你先暫時忘掉對菈蓓亞詩的種族性嫌惡啦。」

「辦不到耶。那些傢伙肯定永遠跟我勢不兩立，無論發生什麼都一樣。」

在我不爽的時候，亞玖璃同學低聲補充了一項額外的情報。

「……即使有滿多人深信限定珍藏版的菈蓓亞詩能讓『買到的情侶永遠在一起』？」

「亞玖璃同學，妳怎麼還在喝檸檬茶！我們現在就去買菈蓓亞詩大師吧！嘿，走嘍！」

立刻起身催促辣妹的見風轉舵型男生。

亞玖璃同學用可以當傻眼也可以當尊敬的獨特眼神望著這樣的我。

「雨雨，雖然你真的是小市民性格，但像你這樣簡直到了讓人清新舒暢的境界耶……」

「我從來沒聽過語感這麼微妙的誇獎詞。」

「不要緊，人家也沒有單純誇你的意思。唉，總之你坐下啦。」

被亞玖璃同學規勸，我不情願地就座。

她喝完檸檬茶以後，便重新向我確認。

「所以雨雨，雖然現在好像也不用問了……你想要限定版菈蓓亞詩，對不對？」

「我想要。即使要把妳的溝通能力獻給惡魔也想弄到手。」

「別擅自犧牲人家好不好？不過，說是這麼說，人家即使拿你的髮根生命力獻祭也想得到耶。」

「妳也不要擅自葬送我的未來好嗎？」

「某方面來說，那不是『光明』的未來嗎？」

「囉嗦……好啦，玩笑話先放一邊。妳說的那個……珍藏限定版菈蓓亞詩？弄到手的門檻有那麼高嗎？」

對於我的問題，亞玖璃同學用曖昧的表情答覆。

「唔～～還好耶……生產數量並沒有少到極端的程度就是了……」

「？既然這樣，要買到也不難吧？假如說只有當地能買到，我們近期內就要去迪士特尼樂園了啊。」

正因如此，亞玖璃同學才會挑這個時機談到菈蓓亞詩的話題吧。

她點了點頭繼續說：

「嗯，所以問題並不在購買機會。雖說有相信的風氣，那好像也不算會讓人大排長龍的熱門商品，因此人家跟你只要一入園就直衝商店，肯定可以買到。不過問題在於……」

「問題在於？」

生產數量不算少，也有機會買到商品，這樣還能有什麼問題？我把已經不冰的可樂灌進喉嚨，亞玖璃同學咕嚕嚥下口水開口。

「……買這款珍藏限定版菈蓓亞詩，要花兩萬圓……」

「！」

我差點忍不住把可樂噴出來。當我勉強把可樂硬是吞下去以後，就慌慌張張地發抖並做出回應。

「兩、兩萬……？咦咦！呃，那就有點……」

「就是啊……」

亞玖璃同學說著，把智慧型手機畫面朝我遞過來。

顯示在上頭的，是兩隻掌心大小的可愛熊玩偶圖片……圖片底下則標了一點也不可愛的數字。

亞玖璃同學一邊收回手機，一邊唉聲嘆氣。

「唉～～……某個噁心阿宅的毛髮生長力能不能轉售出去呢……」

「請妳不要再度檢討那種奇怪交易的可行性。可是，要兩萬啊……」

「要兩萬呢……」

「…………不過老實說，我們現在超需要那個的，對不對……」

「……對呀……就是說嘛……雨雨，你也是這麼認為呢……」

我們倆的嘆息重疊在一起。兩個人都沒有去飲料吧續杯，就這麼沉默下來。

隔了不久，我主動開口。

「……誰教這陣子，我們都一直害另一半擔心……」

「……人家明白。」

「話雖如此，想讓生米煮成熟飯……目前大家都有點消極。」

「……人家明白。」

「在這種情況下，趁教育旅行最後一天，把效果如此美好的限定玩偶送給另一半……」

話說到這裡……我想起天道同學的臉，然後柔和地露出微笑。

「……感覺那樣的行為……實在很能讓交往對象放心呢……」

「……人家明白。」

亞玖璃同學應該也在想上原同學吧，她露出了平時不會展現的十分溫柔的臉。

儘管我們倆飄飄然地各自想像了另一半高興的臉孔片刻……經過十秒以後，兩個人又同時趴回桌上。

「「可是，要兩萬啊～～……」」

對高中生來說實在是消費不起的金額。

呃，去教育旅行之際，家長也會資助我們一定程度的費用……話雖如此，要用那些錢買高價禮物送男女朋友就會感到抗拒了。應該說，那樣對爸媽和天道同學都無法抬頭挺胸。

如此一來，這兩萬圓非得由我們自己設法籌措……可是，平時我跟亞玖璃同學都不能算是錢包有餘裕的人，而且我們有一陣子還像這樣來家庭餐廳消費，就更不用說了。

順帶一提，我在金錢方面是有每個月跟父母領的零用錢，另外在寒暑假期間還會靠父母的關係，做點短期的打工來應付開銷——

想到這裡，我就跟亞玖璃同學目光相接……有稍微難以啟齒的事情時……她一向……會露出這種眼神。換句話說，她從一開始……

「雨雨，人家問你喔……」

「什、什麼事？」

有不好的預感讓我發抖……感覺……這下不妙了。

從她面前轉開視線後，我連忙開口：

「啊，時、時間也差不多了，我們還是解散——」

「你想不想……跟人家一起做服務業的打工？」

「看吧，出現了！對繭居宅男來說會要命的主意！好比問蟑螂要不要在○斯製藥公司上班，這是惡魔的所為！」

「呃，又沒那麼嚴重……」

亞玖璃同學苦笑，而我對她貫徹堅拒的態度。

「唯獨服務業，我絕對不做！退一百步……即使我可以削減玩奇可夢的時間去打工，唯獨服務業就是辦不到！很感謝妳邀我一起打工，可是就沒有其他能做的嗎？其他工作！」

「欸，雨雨，我們現在沒有立場挑工作吧？要找短期打工，又不能做粗活。搜尋條件是這樣耶。」

「不，我、我也是男人，就算做粗活也完全……」

「完全做不來嘛。就算你可以，肯定也會在教育旅行前搞壞身體吧，雨雨。」

「…………」

雖然不甘心，但是亞玖璃同學說得對，我本來就不適合做粗活。唉，儘管毅力可以用擠的，做工必然是無能為力。要是搞壞身體去不了教育旅行，或者無法享受教育旅行，就本末倒置了。

亞玖璃同學繼續說：

「呃，剛好我從朋友那裡得到了兩人份打工的訊息……原本我想說這下子也只能邀你了……雨雨，但你就是討厭服務業對不對？」

「與其說討厭，不如說我辦不到……」

……我的額頭滲出冷汗……胃好痛。

服務業。

我試著重新思考，就發現再沒有比這更讓我恐懼的字眼了。靈活接待他人以賺取金錢的工作……溝通能力不足的我做這一行，會讓店家也蒙受困擾。

光想到就發毛。我的不爭氣不只會讓自己受害，甚至會讓別人跟著受害……這種情形根本就是地獄。

亞玖璃同學看我臉色發青，就連忙緩頰。

「就、就是啊就是啊！哎，對不起喔，雨雨！人家只是問問看而已，真的。再說人家完全、一點也沒有想過你會答應！」

「是、是這樣嗎……？」

我無力地抬起臉看向亞玖璃同學。她表示：「是的是的！」並且用力點頭。

「人家只是死馬當活馬醫才問問看而已，真的！呃……人家只是覺得，假如可以跟你一起打工，那自己也能努力吧……」

「咦……？」

當我愣住時，亞玖璃同學就難為情地說：「啊，這沒什麼特別的意思喔。」還害羞了。

「或許你忘了，不過，人家本來也不是跟誰都能聊得開心的那種人啊。所以老實講，即使沒有像你那麼排斥，服務業同樣不太合人家喜好……」

「是嗎……」

「是啊。不過呢……假如是跟你一起，感覺就好一點了。」

「嗯，有認識的人在，打工會比較輕鬆嘛……」

「這倒也是。不過，還不只這樣。呃……說這些還滿不好意思的，雨雨，有時候在你面前，人家就會無意識地想擺大姊頭架勢。該怎麼說好呢……有你在旁邊，人、人家似乎就可以變得比平時多努力一點。」

「亞玖璃同學……」

我有些被打動而眼眶濕潤。然而，亞玖璃同學立刻接了「不過」繼續說下去。

「哎，如果有祐在，人家的最高性能可是會跳到平時的三千倍呢。」

「我想也是。」

不過要這麼說的話，我只要想著天道同學，也一樣可以…………

「…………」

當我把頭低下來以後，亞玖璃同學就有些心慌地打算把話題做總結。

「總之雨雨，雖然人家講了許多心聲，但你要拒絕是可以的。畢竟你也不用勉強自己陪人家買菈蓓亞詩——」

這時，我忽然想起媽媽說過的話。登對的人在一起就會賞心悅目……我也是從一開始就明白，自己和天道同學完全不相配。至今仍未成為任何人物的男人，雨野景太。

既不是強角，更沒有實用的特殊能力，長得不帥又不可愛，有如冷門奇可夢的存在。

但是——

既然還是有人喜歡我，選擇了這樣的我。

而且在這當下，為了那個人……連沒有才華也沒有實力的我也能靠「努力」，爭取到「安心」與「幸福」的話。

那麼……我絕對要把握，那個機會——

「……我做。」

——賭上小角色的骨氣，我絕不能錯失那樣的機會。

「咦？」

我突然改變念頭，讓亞玖璃同學愣住了……連我本人也嚇了一跳。其實我的身體正在發抖。服務業根本是最不適合我做的打工嘛。

但是……即使如此……

「拜託妳了。」

我在膝蓋上用力握緊汗濕的手。

然後在緩緩抬起的臉上盡可能鼓起勇氣，對她做出答覆。

「假如妳不嫌棄這樣的我，請務必讓我挑戰……做那份服務業的工作。」

＊

就這樣，我們為迎接教育旅行所做的準備………………

……不對。

為迎接「崩潰」所做的事前準備，一步一步地張羅完成了。

✖雨野與亞玖璃與致命PARRY

有女朋友；有長得帥氣的朋友；偶爾也陪朋友的女朋友商量感情事；到了最近，甚至還被女朋友以外的女生告白。

你們都曉得……像這樣站上現充頂點的男人叫什麼名字了吧！

大家好，我是即將爆紅的現充人氣男，雨野景太。

哎呀～～傷腦筋耶。傷什麼腦筋呢……當然就是現充們盼望的活動，教育旅行行程這麼充實，連我都傷腦筋了呢！

HAHAHAHA！

雖然說，第一天的行程才剛結束啦。咦？問我第一天做了什麼？呵呵，就是到大阪啊，大阪旅行。

咦？要我具體說出做了些什麼？

……………呃～嗯，唉…………有什麼關係嘛，不提那些了，嗯。

好、好啦，那我差不多該走嘍。因為我忙得很。

咦？問我這次的旁白會不會切換得太快？

不不不，這也難怪啦。

畢竟要說到現實世界，目前是在教育旅行第一天晚上，各組分配到的旅館六人房——

「不過都是因為某人，今天在大阪根本沒玩到什麼耶～」

「連電車怎麼轉搭都查不清楚，這有可能嗎？」

「電玩咖（笑）超沒用的～」

「唉～真羨慕五個人的組別，住房間都比較寬敞。」

「喂喂喂，講太大聲會被聽見吧。當事人事到如今正在角落拚命用手機耶。」

——連要逃到幻想中都有困難，如坐針氈的環境。

＊

「「噗哈哈哈哈哈哈哈！」」

我離開實在讓人待不住的房間，門一關上，鏑木同學他們盛大的笑聲就傳來了。

「……所幸他們幾個覺得開心。」

我語帶嘆息地嘀咕，然後無精打采地垂著頭走過走廊……供旅客在房間穿的浴衣嫌太大件，嬌小的我穿了反而不好活動。

「哎，白天轉搭電車失敗確實錯在我……」

只是要讓我稍微找藉口的話，他們也有故意慢吞吞地走，破壞我排好的轉車規畫，再看我驚慌失措來取樂的成分，同樣的事一再重複……到最後我在轉車時就犯下了失誤，其實是有這樣的背景。

話雖如此，最後犯下失誤的無疑是我。之前或許我也講過，對我來說只要「有人多受連累」就會很難過。尤其像我這種人……除非可以打從心裡相信「自己的主張沒錯」，否則我就不會想抨擊對方。

……我明白，不把話說清楚就什麼也無法解決。可是我也能料到，說了只會通往無益任

何人的結果。

「……唉，真丟臉……」

我深深厭惡自己的「渺小」。簡直像被邪惡妖怪附身一樣，全身好沉重。

教育旅行第一天。老實說，比我想像的……還要難熬，難熬到不願回想的程度；難熬到洗了澡回房休息也消除不了任何疲勞的程度。

我垂頭喪氣地在走廊盡頭等電梯。這時候，背後大約有七個疑似別班的女生一邊大聲講話，一邊走了過來。

她們排到我背後，開始竊竊私語。

「欸，記得這裡的電梯很窄對不對？」

「啊～～差不多只能讓六個人搭吧？」

「那就不妙嘍？」

「擠一下就行了吧。雖然小望的體重讓人不忍說。」

「囉嗦。不過就算要擠，妳們看……」

她們話說到這裡，我就感受到背後有強烈的視線。具體而言，類似女生看待色狼的七人份視線。雖然我沒有當過色狼。

我額頭冒汗，然後一面小聲嘀咕，一面用生硬的動作悄悄離開現場。

「…………啊～……糟、糟糕，有東西忘在房間耶……對對對……哎呀呀。」

我說著無謂的藉口，匆匆走掉。隨後我按的電梯來了，可以聽見女生們嚷嚷著搭上去的動靜。

………好了。

「……樓梯在哪邊呢？」

此時，我好像參透了自己有繭居體質卻意外沒發胖的一絲原因。不過應該是我多心吧，畢竟我是現充王嘛……這裡是八樓，大廳在一樓就是了。往下走就對了。沒問題，沒問題，完全沒問題。總覺得樓梯間的燈忽明忽滅，當然都沒有人，坦白講超恐怖，可是沒問題。

「反正我有時間……」

我一邊嘀咕這種可悲的自言自語，一邊慢慢下樓梯。當我解除鎖定的智慧型手機畫面，順便轉移心思時，就出現了剛才用通訊軟體談話的群組畫面。

〈我：有沒有人現在有空？我在房間裡待得很難受……〉

〈上原祐：抱歉，雨野，我在房裡玩牌，暫時走不開。〉

〈天道花憐：對不起喔，雨野同學，跟我同房的女生正好要商量嚴肅的感情問題……〉

〈星之守千秋：我現在正準備到大澡堂……〉

〈亞玖璃：嘿～落單噁心阿宅w　被大家拒絕了。好可憐喔！〉

「…………」

我反而更沮喪了。由於我平時是不太會主動邀別人的人，在如此鼓起勇氣戰戰兢兢地搭話之際全數落空，真的會心灰意冷。好想哭。好想死。好想拖著亞玖璃同學一起下地獄。

我把手機收進口袋，默默地下樓梯。

……雖然各位可能早已察覺，我在教育旅行第一天，大致上過得就像這樣。

在搭車移動時的座位也是按組別，因此別說是找天道同學，我跟上原同學也都沒什麼交流。至於鏑木組除我以外的五個人，好像就轉換到「靠消遣我來增進交流」的模式（別名地獄），壞心眼的笑聲久久停不了。

最近我完全自詡為現充，然而離開電玩同好會一步，頓時就落單了。我和可以跟任何人交流的上原同學或天道同學完全不同。

「可是……我也有用我的方式，試著做了滿多努力啊……」

其實大約從教育旅行一週前，我每次都有找機會鼓起寥寥無幾的勇氣，主動試著找以鏑木同學為首的所有組員講話……結果就是慘到不行。

反而因為我太「低聲下氣」，現在我身為男人完全被輕視，他們還露骨地擺出比以前更那個的態度。這困境越陷越深。

我通過四樓與三樓之間的樓梯間，並大大地嘆息。

「……唉……我真的是……」

該說是沒有長進嗎，怎麼說好呢？結果我仍然不懂自己有哪裡不對，又該怎麼改善，這就是要命的地方吧。

以現在來講……我去跟待在房間的鏑木同學那些人使勁攀關係就對了嗎？按了電梯也大大方方搭上去就對了嗎？……我不懂。換作上原同學或天道同學，會怎麼做…………

「……不知道為什麼，明明連具體的做法都無法想像，腦海裡卻浮現他們倆有別於我，都俐落地克服難關的畫面……」

糟糕，我變得更沮喪了。雖然在高中完全交不到朋友的我從一年級後半就已經對教育旅行這玩意兒心存戒懼了，但這比想像中還要接近地獄。早知道會這樣，我就不來——

「…………不對。」

——當我差點後悔時，我賞了自己耳光。

「我在說些什麼？我在最後一天要跟天道同學玩，然後用拚命打工存的錢買禮物送她。為了這個目標，這點事才不算什麼。」

再說我又沒有遭受到別人的暴力。真是的，我可不能這麼嬌弱。

「……好！」

我重新打起精神，腳步穩健地走向大廳，於是——

「看吧，那傢伙果然來大廳啦。耶～～通殺～～」

「真的假的，都讓鏑木獨贏了嘛，可惡。」

——疑似先搭電梯下來等候的組員們看見我就哈哈大笑。碰到這個場面的瞬間……我終於要心灰意冷了。

「…………！」

不曉得是生氣或懊惱的關係，連我都知道自己脹紅了臉。可是正因如此，反而更讓我不甘心，我想讓臉停止漲紅卻又停不住。

我丟人現眼地停下腳步，然後發抖。就所有意義來說，我都不曉得接下來該如何是好，甚至覺得自己的歸宿已經從世界上完全消失。

「（哪有……那麼誇張……）」

我自己用腦袋想也知道沒那麼誇張。可是……內心卻無法立刻振作。我的心不肯振作。我就是不想讓他們看見自己「灰心喪志」的場面。身為電玩咖，身為輕鬆派玩家，即使賭一口氣，我也不會提供那種糟糕透頂的娛樂，我有十足的氣概。有雖有……

目前我卻連一根讓自己攙著站起來的枴杖都遍尋不著。

我……我忍不住……像是要直接對他們屈服地低下頭——

「景、景太？」

——就在這一刻。忽然間，有人出聲叫我。

驚覺的我抬起差點垂下的臉龐。結果，在那裡的人是……

「……千秋？」

「是、是的……呼。」

那是不知為何顯得有點喘的千秋。面對啞口無言的我，千秋害臊似的微笑，並迅速做了說明。

「呃，那個那個，因為我是急忙穿上衣服出來的……啊，沒有，不是啦，那個，我原本是在大澡堂啦！不過我在脫掉衣服時看到你的訊息……等等，不算不算，剛才描述脫衣服的部分當我沒說！」

千秋似乎自顧自地說明，又自顧自地心慌……這個女生依然跟我差不多，不擅長講話。

我看著這樣的她，頓時覺得……方才擅自被逼得已走投無路的心情一下子就消失了。

在這個世界……好像冒出了小歸小卻溫暖無比的歸宿。

猛一看，鏑木同學那些人正帶著非常不是滋味的臉色看著我們……對千秋來說……我覺得這樣的氣氛不太好。假如連她都被盯上，我可受不了。

腦袋總算轉過來的我催促千秋朝原本過來的樓梯方向走。

「那我們去上面吧，千秋。」

「咦，要上去？」

「我現在才想起來，下樓梯時在三樓有看到比較寬敞的休息處兼自動販賣機區域，根本沒有其他旅客，或許是個不錯的去處。」

「啊，這樣喔。了解，務必務必去那裡嘍。」

「嗯…………我請妳喝飲料，當作謝禮。」

「呼嗯？雖然不知道你要謝什麼，難得一次就承蒙好意了。耶～」

千秋笑吟吟地踏著輕快腳步跟我上樓梯。

而我……像是要從她面前別開臉一樣轉向前，然後小小聲地……真的只是小小聲以免被她聽見似的嘀咕了一句。

「…………………謝啦。」

「啊，不會不會，別客氣。」

「妳、妳為什麼會聽見！」

「咦咦咦咦！為什麼我會挨罵！」

千秋突然被我吼，就怕得淚汪汪……真是的。

＊

「是啊是啊！就是那樣！要找可以參考的遊戲評論，真的是以〈4☆〉的評論居多！」

「就是啊！呃，雖然〈5☆〉和〈1☆〉的評論也不是全都言過其實啦。尤其是猶豫要不要買的時候，真的會感謝有〈5☆〉和〈1☆〉推自己一把！」

「是的是的！」

「不過，印象中能均衡提到遊戲優缺點的文章，還是以〈4☆〉～〈2☆〉占多數！」

會合後過了五分鐘。在三樓的自動販賣機區域響起了男女生龍活虎地聊天的聲音。

我所說的話讓千秋興奮得像是「正合我意」一樣湊向前。

「對耶對耶！哎，另一方面，給名作的〈5☆〉評比還是會讓我深深有共鳴，給真正爛作的〈1☆〉評比也會讓我心情舒暢就是了！」

而且從她那裡拋回來的話同樣讓我連連點頭回應。

「有喔有喔！有時候玩到真正的爛作，雖然心裡會覺得〈1☆〉評比慘烈過頭，但同時也會有得到救贖的感覺。好比說……啊，幸好不是只有我有那種不快與焦躁感！」

「會呀會呀！還有還有，我也喜歡那種一邊提缺點卻又一邊表示『因為我超感動，給5

☆！』，讀起來莫名熱血的評論！」

「我懂！有的評論即使欠缺公正性，還是讓人覺得那樣根本沒問題！不過說來說去，結果還是看個人好惡嘛。」

「就是啊。」

同為御宅族的我們聊到這時候，才總算讓激烈的對話暫時緩和下來。

我喝著在家鄉沒看過的蘇打飲料（味道普通），一邊環顧四周。

靜謐的三樓休息區。有四台自動販賣機和垃圾桶，還有兩套雙人座席的簡約空間。

只不過，今天這層樓本身好像幾乎沒有住宿的旅客，現場充滿寂靜。此外，休息處位於從樓梯走一小段路的走廊前面，所以音吹的學生也不會來，要打發時間正好是個不錯的地方。然而……

「…………」

即使如此，因為發生過先前的事，我怕鏑木同學他們會來打探情況，就有點提心吊膽。

千秋似乎對這樣的我看不下去，就挖苦似的講話刺激我。

「你好可憐耶，和跟天道同學分到同一組的我不一樣。」

「唔……沒想到我居然會有這麼羨慕妳的一天……！」

「呵呵～～天道同學既可愛又溫柔～～我是在天堂喔！」

「唔唔唔……妳這令人可恨的海帶！」

「曬不到陽光的陰沉豆芽菜真可憐呢。」

千秋嘻嘻笑著，然後喝了一口自己的蘇打飲料……雖然她平時是讓我火大的敵人，不過單就今天而言，我打從心裡被一如往常的她拯救了。

我忍不住露出微笑，千秋見狀就高興地笑了。

「太好了，景太，你仍然是你。」

「妳在講什麼啊？」

「我在講什麼呢。」

千秋苦笑以後，細心地用雙手輕輕將蘇打飲料罐擺到桌上……她穿浴衣的樣子跟我不一樣，實在是有模有樣，大概是身材好的關係。雖然我不想承認……實際上，這傢伙果然算美女吧。

……我總覺得莫名靜不下心，忍不住將目光從她身上別開。

「不過……為什麼我們最近都沒有機會找天道同學三個人一起聊呢？明明像這樣兩個人講話的機會就很多。」

「就是啊。」

千秋如此附和，然後無奈地繼續說：

「……像我現在跟天道同學同一組，所以想盡早求個痛快想得不得了。感覺像在跟你做壞事……明明我們兩個現在完全就只是朋友。」

這麼說完的千秋笑了笑……看來她那副笑容並沒有勉強，讓我放心地捂了胸口。

「（那、那當然啦。她總不可能到現在還喜歡像那樣狠狠甩掉她的男人。真是的，我未免自我意識過剩了吧……）」

或許莫名地產生男女意識的反而是我。我太娘娘腔了，要反省才行。

這次我面對面確實看著千秋的眼睛，重新跟她閒聊。

「話說千秋，妳有玩奇可夢嗎？」

我的問題讓千秋亮起眼睛並且再次把身體湊過來。

「有啊！當然有！景太景太，你也有玩奇可夢嗎！」

「當然啦！欸，妳現在進度大概在哪裡？」

「那個那個……啊～～因為我最近同時在製作遊戲，進度沒怎麼往前……主力成員的平均等級大概在三十級左右……」

「咦，這樣喔！我也是我也是，跟妳差不多！」

平時我應該會玩得更多，但因為我有在打工，結果進度碰巧就和千秋撞在一起。

千秋興奮地向我提議。

「那麼那麼，現在對戰剛剛好耶，來對戰！」

「我也是這樣想！我都在找適合的對戰對手！」

「我也一樣我也一樣！哎呀～～果然就是要有朋友！」

看千秋帶著毫無陰霾的笑容，講得著實一臉幸福的樣子，很奇妙的是我也會跟著感到心滿意足。

千秋顯得按捺不住地起身，笑著對我提議：

「那麼那麼，我現在去拿遊戲機，務必來打一場——」

——當她即將把話講完的那個瞬間。

「晚、晚安，雨野同學……還有千秋同學。」

有些緊張的金髮美少女……我的女朋友身穿浴衣，來向我們搭話了。

我們立刻中斷閒聊，同樣有些緊張地齊聲回答天道同學：「「晚、晚安。」」……不知道為什麼，明明我們沒做任何壞事，可是此時此刻卻有種受盤問的感覺。

尷尬的寂靜來到我們三人之間……這時候，我忽然發現了。

「（咦，現在不就是把之前告白那件事講明的絕佳機會嗎？）」

只有我們三個，周圍沒有別人，可以靜下來講話的這個狀況。

我看天道同學和千秋似乎也發現了這一點，正因如此，更促成了這種莫名的緊張感。

「「…………」」

每個人都遲遲不開口……我在這時候要堅定才行。

下定決心的我終於要提起「那件事」，吸了一大口氣。

「……………那、那個，天道同學！我和千秋，有事情想——」

一瞬間，天道同學臉上流露出明顯的緊張之色。不過就算這樣，這仍是遲早要講的事情，所以我鼓起氣力——

「啊……那、那麼那麼，我差不多要去大澡堂嘍！」

「「咦？」」

——當我跟天道同學總算做好心理準備時，隨即換成千秋在迴避。

我目瞪口呆，千秋則是湊過來對我講悄悄話。

「（景太，這可是旅行中可以跟天道同學單獨講話的稀有機會喔！請務必趁現在好好把握！）」

「（咦？可是千秋，現在不講的話，旅行中會一直有疙瘩……）」

「（那只是小事啦！是的，我絕對不會為了提那些，就破壞掉朋友跟女朋友留下回憶的機會！）」

千秋帶著溫柔的笑容這麼提議……這傢伙真的是……

而我……我雖然有些迷惘，最後還是決定接受她的好意。

「呃，那麼千秋，下次我們再來對戰。」

我朝她揮手。天道同學還在遲疑：「咦，那個……」千秋便匆匆離去，也朝我揮手。

「好的，務必！那麼那麼，花憐同學，你們慢慢聊！」

千秋就這樣小碎步趕著從走廊離開了。我目送她的背影，然後催天道同學坐下。

「啊，妳請坐，天道同學。」

「咦？啊，好的，那麼……」

天道同學怯生生地在千秋先前待過的位置坐下。對於仍顯得有些疑惑的她，我盡可能表現得開朗。

「呃，謝謝妳，天道同學。妳是擔心我，才專程來探望的對不對？」

「咦？啊，是、是的。不過，那個，我遲遲沒辦法離開房間，對不起……」

天道同學洩氣地垂下頭……啊，身穿浴衣露出憂鬱臉孔的天道同學，果真好美，像電影一樣呢。呼………………

等等，錯了錯了。要幫忙打圓場才行！我連忙搖頭揮手。

「不不不，怎麼會！會這樣是說喪氣話的我不好！」

「哪有這種事……」

「再說就像妳剛才看到的，有千秋來陪我啊！」

「是嗎……千秋同學……比任何人都快……」

「天、天道同學？」

不、不知道為什麼，我越打圓場，天道同學就變得越消沉。我到底該怎麼辦……

我搔了搔後腦杓……然後擠出所剩無幾的閒聊話題。

「天、天道同學，妳有沒有玩奇可夢？」

我由衷痛恨自己到這種時候還是只有電玩的話題，然而本色如此，我也無可奈何。

至於天道同學……則是對我搖搖頭。

「不……我沒有玩耶。」

「這、這樣啊。」

「嗯。」

「…………」

「…………」

對方沒有跟自己玩同一款遊戲就讓話題結束的我是怎樣？白痴嗎？難怪交不到朋友，簡

直自作自受。

這時候，天道同學似乎察覺到我為難的氣息，就主動深入聊起奇可夢的話題。

「呃，奇可夢的新作好玩嗎？」

「咦？啊，是的！非常好玩喔！即使一個人玩也夠有趣！」

「是嗎？不過雨野同學，你不跟人對戰的嗎？」

「嗯，適合的對戰對手不太好找……我又完全沒有朋友……」

糟糕，太丟臉了。這樣又要讓天道同學為我擔心。

當我冷汗直流地動腦思考時……天道同學突然「啪」地拍了手，對我露出燦爛笑容。

「這、這樣的話，之後我也玩奇可——」

但我這時候終於想起剛才和千秋的約定，為了不讓天道同學擔心和困擾，就笑著補了一句！

「啊，不過！千秋似乎願意陪我對戰喔！最奇蹟的是，她玩的進度跟我一樣！哎呀～太可貴了！這真是太可貴了！」

一瞬間……天道同學的眼神不知為何失去了活力。

「是嗎……千秋同學會陪你……這樣啊……」

「是、是的！天道同學，所以請妳完全不用擔心！我不要緊的！」

「哈哈……這、這樣啊……」

咦？奇、奇怪了，天道同學看著別的方向。為什麼啊？是男朋友不爭氣，讓她傻眼了嗎？還是說，我打的圓場沒有趕上……

「「…………」」

對話再次停頓，只有自動販賣機令人不平靜的嗡嗡運作聲在現場響著。

……怪了。在教育旅行的夜晚和美麗的女朋友兩人獨處……從字面上來看，不是現充到極點的情境嗎？

可是，這種像驚悚遊戲開頭的凝重氣氛是怎麼回事？

天道同學忽然自嘲似的笑了。

「……我有遠遠地看見……到剛才為止，你和千秋同學，似乎很開心呢……」

「唔！」

是怎樣？當下我覺得待在這裡的難受度遠超過和鏑木同學他們同房的時候耶。

我設法在嘴邊掛著笑意，並且回答她：

「天、天道同學，跟妳獨處的現在，開心程度多了一百萬倍啊！」

「是嗎？」

「是啊。」

「…………」

「…………」

「……………………………………………呵呵。」

天道同學好像突然賊笑了。坦白講感覺非常詭異，讓我嚇了一跳。

這時候，天道同學慌忙緩頰：

「不、不是的，剛才沒事。我、我明白，以對話流程而言，你會這麼說完全是出於恭維，我明白，自己應該做出更消沉的反應才對。可是……好不甘心呢。」

她說到這裡就用力握了拳頭。

「我天道花憐……即使深刻了解那是恭維……被你誇獎，還是無法不盈現笑容喲喔喔喔喔喔喔喔！唔喔～～～～～～～！」

「唔喔～～～～～～？天、天道同學，妳怎麼了！為什麼要哭！」

「即使頭腦拒絕，我的身體還是會感受到喜悅喲～～雨野同學～～～～」

「欸，妳到底在公共場合講什麼啊！妳沒事吧！」

天道同學依舊含著眼淚，並且拚了命地告訴擔心的我：

「我還是好喜歡你～～～～」

「我、我才是呢！等等，不對不對不對不對，現在是怎樣！話說『還是』是什麼意思！

我強烈感覺到自己好像一度害妳失望耶！」

「錯了，我哪會對你失望，不是那樣的，只不過，我……」

「妳？」

「………」

我重問以後，天道同學似乎思索了一下。接著……她用不知道從哪裡拿出的面紙擦掉眼淚，擤過鼻涕，然後總算恢復平時的本色，嫣然一笑回應：

「不，沒什麼。請你別介意，雨野同學。」

「咦？」

一瞬間，我有了異樣的疏離感。不知道為什麼，我想起剛認識時的天道同學。明明她待人溫和……彼此的心卻好像沒有真正相通……

當我受到不安侵襲時，天道同學似乎完全恢復平時的調調，轉移話題。

「請聽我說喔，雨野同學。今天的千秋同學……呵呵，很有趣喔。我們在分組行動時，有經過遊樂場前面一下下——」

接著，天道同學就開心地談起一整天發生的事。對於她說的那些，我只能一直帶著笑容應聲……

於是，教育旅行第一天就這麼懷著許多不安結束了。

上原祐

第二天在京都是以各班為單位進行參觀，因此沒什麼值得提的高潮。

搭巴士遊覽寺廟與佛閣，一邊對導遊的說明要聽不聽，一邊跟朋友觀賞名勝，偶爾拍個照傳出去，放空腦袋走路。

畢竟可以閒聊，說起來是比上課有意思，不過要談到有沒有大幅脫離日常生活的樂趣，我就有疑問了。

「沒想到感覺滿普通的耶，教育旅行。」

這是跟我一起的雅也說的話。太過缺乏情緒的感想，但確實如他所言。

以我們來說，因為是由平常混在一起的成員直接組成一團活動，感觸更加深刻。既然平時的成員都跟平時一樣行動，即使地點多少有差異，也只是日常罷了。更大的痛處在於我們逛的是不太感興趣的寺社佛閣。

不過別看我這樣，我偶爾也有對京都景色看得入迷的瞬間，碰到這種時候，我就會不禁覺得……「啊，真想跟亞玖璃一起欣賞。」當然，我不想被雅也他們調侃，態度上就沒有表現出來。

然而別說這樣的情感或態度，這世上甚至有人純情得直接把想法說出口。

「啊，我真想和天道同學一起欣賞耶。」

落單少年望著金閣寺佛像清晰倒映於鏡湖池無風平緩的水面上，陶醉得喃喃自語。

我發現朋友已經落在同學後面的身影，就無奈地嘆氣並上前找他搭話。

「嗨，孤獨。」

「那是什麼既直接又可悲的外號啊。別鬧啦，上原同學……」

落單少年有氣無力地朝我回過頭。我確認過鏑木那些人隔了一段距離，就站到雨野旁邊，跟他一起望著黃金色的建築物。

「有女朋友卻跟女朋友分隔兩處，感覺是不是比純粹落單還寂寞，雨野？」

「什麼現充式理論啊……以前的我大概會這麼說，不過也對，或許吧。」

雨野無力而感傷地望著景色。他的情況是在班上連朋友都沒有，寂寞程度可見一斑。其實我多陪陪他就行了，但是我也跟鏑木那些人合不來。為了牽制他們就和雨野黏過頭，反而會讓雨野在各組分開行動時遭受反彈，這是我想避免的。

最多也只能像這樣抓準班級行動的空檔找雨野講話。

忽然間，雨野仔細看著我的臉，然後嘆息。

「……唉～～上原同學就是有羅密歐的器度……」

「啥？你突然扯什麼啊？」

「不過羅密歐把誤會搞得很複雜，然後就死了。連這點都像你耶～～」

「喂，虧你在這種狀況還敢嗆唯一的朋友耶。」

我做勢要揪住雨野的胸口，他就笑著說：「抱歉抱歉。」

後來，雖然只是簡單做個交代，他向我吐露了最近跟天道之間似乎有格差與距離感，還有因此而生的煩惱。

我望著金亮耀眼的觀光名勝並苦笑。

「要提到跟她配不配，世上男人大多都沒奈何的啦。你去在意那種事只會吃虧吧。」

「話是這麼說沒錯。以我自己的覺悟來講……我也覺得即使令別人失望也無所謂啊。可是呢……」

雨野望著開始有幾片雲籠罩的天空嘀咕：

「因為我，害得天道同學的笑容蒙上陰影，這種事情我受不了。」

「…………出了什麼狀況嗎？」

他平常就缺乏自信，但這次的話裡感覺比平常更有嚴肅的味道。

我一問，雨野就「嗯～～」地發出五味雜陳的咕噥。

「與其說發生過什麼特定的事情，不如說是各方面累積起來的吧。比如天道同學的態度令人在意，還有就是……鏑木同學他們比想像中更——」

當雨野說到這裡時，就突然看向我後面打住話語。

我心想是怎麼了而回頭，就發現……

「鏑木……」

不知不覺中，鏑木已經露出陰險的賊笑接近過來。在他身後有他們那一組的四個人。

「掰、掰啦，上原同學。」

雨野連忙離開我身邊，打算跟鏑木那一組會合。然而，鏑木對雨野形同無視，還朝我靠近以後，就故作熟稔地對我笑了笑。

「不好意思嘍，在你們開心的時候過來打擾，上原同學。」

鏑木平時明明都直呼我「上原」，卻要模仿雨野加個同學。他背後的四個組員都低聲竊笑……八成是拿我和雨野的交情當笑柄吧。被雅也他們調侃幾句倒還好，這些傢伙跟我沒什麼交流還來這套，真的會讓人冒出無名火。

不過，在這裡起衝突也只會對雨野造成困擾。我刻意……不做任何反應，無視鏑木，只顧一直望著優美的金閣寺。

「……哼！」

鏑木對我的態度露出敗興之色。換成平時，我們就會解散回各自的圈子……唯獨今天，鏑木好像變得比平時還有膽。

不只對雨野，他對我似乎也要激一下才肯罷休，就補了一句完全多餘……而且低級透頂的話。

「順便幫我問候你那個感覺沒啥腦袋也沒啥節操的女朋友，上原同學。」

一瞬間，我激動得差點忍不住對鏑木動手，另一個冷靜的我卻立刻向自己喊停。

「（要是那樣做，教育旅行就毀了。）」

在這裡動粗會對不起那些組員……對不起我的朋友們。勉強做出判斷的我即時止住怒火，打算反嗆鏑木一句就好，便重新轉向他——這時候，我才發現——

「……咦？」

雨野已經……懦弱又落單的雨野景太，已經揪住了鏑木的胸口。

「什……」

鏑木本人自然不用說，連我還有鏑木那一組的成員們……都不明白發生了什麼事，只能啞口無言地觀望。

緊接著……最先開口的人，是鏑木。

他依舊嘻皮笑臉地向身邊尋求同意，而不是跟雨野本人講話。

「發飆的年輕人實在超恐怖～電玩玩太多就會有病～真讓人不敢領──」

「你給我閉嘴。」

雨野惡狠狠地用以往從沒聽過的低沉嗓音告訴他。鏑木閉嘴，那些組員都為之屏息。

……雨野的眼神已經完全發直，真的不曉得他會做出什麼事。氣氛就是如此不尋常。

幸好在這個時間點，周圍並沒有其他觀光客……事態隨時鬧大都不奇怪。實際上，我們背後已經有下一團遊客接近。

鏑木大概是從中感到有希望，又打算擺出嬉皮笑臉的態度……然而他看了雨野的眼神，表情就立刻僵掉了。這也難怪，畢竟……

「…………」

──當時是我們出生後頭一次見識到澈底發飆的人會有什麼樣的眼神。

跟那傢伙以前對我生氣時完全不同，是失去理智的臉色。

打架強不強已經不是問題了，甚至可以感受到雨野有股執念……即使只剩一顆頭也會死咬住對方不放……只令人感到可怕。

雨野更加機械性地緊揪鏑木的胸口。

「…………噫。」

鏑木的眼神瞬間完全轉變成恐懼之色。事情已經……澈底脫離吵架或小衝突的範疇。發展到這一步，我才總算介入他們之間。

「喂，雨、雨野，停手啦！」

我大聲勸阻，讓雨野顯露出回神的模樣。他的手臂瞬間放鬆力氣，鏑木便掙脫了。嗆到的鏑木一邊猛咳一邊回到組員身邊……整張臉還因惱羞而變得通紅。他用力瞪向我們，接著便快步離去，那些組員急忙追在他後頭。可以看出他們臉上同樣對雨野明顯懷有畏懼之色。

我茫然看著鏑木他們閃人的光景，突然間，雨野回頭對我說了一聲：「欸。」

我不禁嚇得繃緊全身。然而……

「呃，那個，我問你喔……」

要提到雨野回過頭來的表情——在某方面來說是符合他平時的本色，看起來實在丟臉，眼裡還後悔得泛上淚光。

他指著同組同學們走掉的方向，一邊瑟瑟發抖地問：

「你覺得……我、我還有可能，替自己挽回……開心的……教育旅行嗎？」

「…………」

我靜靜地搖頭，然後把手輕輕擺到他頭上。

「死心吧。像剛才那樣，已經全盤GAME OVER了。」

「怎麼會……」

落單電玩咖在片刻前的氣勢頓時不知去向，開始垂著頭嘆氣。

我傻眼地看著雨野，他就由衷懊惱似的咕噥：

「可惡，都是亞玖璃同學害的……那個騷包臭辣妹……」

「喂喂喂，你居然開口罵人喔？」

「我罵沒關係。」

「哈哈，你是亞玖璃的什麼人啊……好啦，我們也該走了，雨野。」

我推著雨野的背硬要催他往前走，並且哈哈大笑。

可是，另一方面……

「……說真的，你到底…………不對，我到底是亞玖璃的什麼人啊……」

苦澀悔意從胸口陣陣擴散開來，讓我不禁皺起臉。

＊

結果雨野在第二天還是無法融入他那一組……何止如此，決定性鴻溝已然造成，觀光似乎就這樣結束了。不過，他本人看似也沒介意到讓我擔心的地步……感到不解的我在巴士開往旅館的途中找機會坐到雨野旁邊，問他為何不介意，他就愣愣地答道：

「因為我並不太後悔啊。情況跟昨天轉車時搞錯不一樣，即使我在今天那個場面會覺得『闖禍了』，卻完全不會希望『重來一次補救』。滿不可思議的……啊，不過『有病的傢伙』就是用這種方式思考的吧？」

我沒辦法再繼續……面對面看雨野苦笑著說這些話的臉。

「唉！可惡，為什麼我就是……」

想排遣煩躁的我胡亂搔頭。不知何時跑來我們男生房間玩的那些女生氣氛稍微因為我而變得緊張。

「怎樣啦，祐？久久沒見到女朋友覺得寂寞嗎～～？」

雅也逗人似的調侃我。這傢伙隨和的性子在這種時候真的很寶貴。

我笑著回答「囉嗦」，然後吆喝一聲從坐墊上站起來。

「那我去洗澡嘍。」

「是～～請慢洗～～」

第二天住的旅館跟昨天類似公共澡堂的樸素大浴池不一樣，儘管溫泉似乎不是天然的，這裡仍有大型露天澡堂。據說那裡有供應浴巾和成套盥洗用品，我披上浴衣以後，只帶著手機和錢包就離開房間。

我緩緩走在木頭地板嘎吱作響的走廊上。今天這間旅館似乎由我們學校包下了，到處可以聽見學生玩鬧的聲音……雖然我本身也是教育旅行生的一分子，想思考事情時遇到這種喧嘩聲也不好受。

我離開前往大澡堂的最短路線，朝人少的方向隨意走。途中我忽然想到可以找亞玖璃出來聊天，卻仍在為白天的事後悔，讓我不太能提起勁跟她見面。

即使如此，要是她主動邀我，就答應好了……我懷著這種娘娘腔的念頭，握著智慧型手機在走廊遊蕩——這時候。

「哎呀。」「對不起！」

我正要拐彎時，不期然地跟人撞上了。因為這地方人不多，我完全疏忽了。

我簡單地賠不是，打算走過對方身旁……就在此時，我注意到那頭特徵強烈得即使不想看也會看見的金髮。

「天道？」

「啊，上原同學，原來是你嗎？」

金髮美少女安心地呼了氣。我有些不爽而向她抱怨：

「妳那是什麼反應？感覺像立刻道歉害妳吃了虧。」

「真厲害。看來你對女人心果然有透澈的理解。」

「噢，想懂女人心就包在我身上……才怪。」

用來代替問候的沒營養對話。我揉著自己的頸根說：「然後呢？」催促天道開口。

「敢問這位在我們學校總是被爭相追捧的偶像，為什麼會在教育旅行途中，陰沉地窩在這種沒什麼人會來的走廊呢？」

「哪裡哪裡，這是我要問的台詞喔，以八面玲瓏聞名的上原同學。」

我們倆就這樣火花四射地用目光交鋒了一小段時間。接著——

「「……唉。」」

——兩人同時深深地嘆息。

我們直接湊到走廊邊，背靠著牆壁，開始交換情報。

「所以天道女士，妳那邊的教育旅行狀況如何？」

「馬馬虎虎……以負面意義來說。你那邊如何呢，上原先生？」

「馬馬虎虎……以負面意義來說。」

我們倆再次嘆氣。天道像是要克制頭痛般把指頭抵在額前。

「男女朋友彼此不同班，果然是個大問題呢。」

「對啊，幾乎都沒有機會相處。雖然要勉強擠出時間也不是沒辦法……」

話說到這裡，我想起組員們的臉……跟那些傢伙開開心心地玩在一起時，因為想見女朋友就託辭離開，這種事我實在做不到。天道應該也是半斤八兩。

要說男女朋友絕對無法見到面，那就不是事實了。然而想明目張膽地見面確實有困難。

天道嘀咕了一句：

「……我真是沒用，明明千秋同學立刻就有了動作……」

「星之守？」

我不懂她在說什麼而偏過頭。可是，天道似乎沒有意願多說明。

她仰望走廊的天花板，自言自語似的嘀咕：

「所謂戀愛，是怎麼一回事呢……」

「喂喂喂，妳脫口說出來的台詞太有童話故事感了。」

我露出苦笑，天道就害羞似的紅著臉清了清嗓。

「這沒什麼好笑的。請你想想看，以現況而言，我和雨野同學的來往方式……到底跟當朋友有什麼不同？」

「這還用說，妳……」

對於她的疑問，我不禁紅著臉轉開視線並回答：

「差、差別不就在於……會接吻，或者做更進一步的事情嗎？」

天道聽完我的回答，臉就變得比我紅，還生氣了。

「多膚淺的想法！軟派的男生就是這樣！」

「咦！妳以前不是也對雨野吐露過跟這類似的心情嗎！就那次嘛，妳說希望讓關係更有進展之類的……」

「那、那碼歸那碼！再說我跟雨野同學……其實根本都沒有做過那種事情！」

「那是值得說出來自豪的話嗎？」

「真、真羨慕你耶，觀念那麼輕薄！」

「天道妳少亂講！我……我跟女朋友到現在也都沒做過任何事喔！」

「…………」

「…………」

口角戛然而止。我們倆洩氣得垂下肩膀，然後無力地交談。

「天道……我們停止這種無益的互相傷害吧……」

「說得對……真是過意不去……」

我們兩個每次碰面好像都會落得這種失意的結局。是怎樣？這陣子我跟天道講話未免太不對頭了吧？

天道接著又說：「實際上——」她似乎想重新帶話題。

「假如剔除那些直接的舉動……情侶該怎麼證明彼此是情侶呢？」

「難說耶………例如可以相處多長時間、感情好不好、合不合得來……諸如此類？」

「……萬一真的是用那些當基準，我就沒自信了……」

「唔……」

聽天道一說，我不禁為之緊繃。的確……相較於星之守和亞玖璃這些在雨野身邊的女生，我實在不認為天道能在那幾個比較項目中脫穎而出。不，不只天道，我也一樣。無論怎麼想，目前跟亞玖璃最要好的人……心意相通的人，都應該是……

我沉默下來以後，天道便緩緩拿出智慧型手機。我看著她要做什麼，她就一邊滑手機一邊說了令人意外的話。

「……要不要也問問看心春同學？」

「啥？」

我對忽然冒出的謎樣人選感到訝異，天道就笑著回答：

「某方面而言，她不是比我們之中的任何人都要有活力嗎？所以對於這種問題，我想她說不定會有意外明確的答案。」

「原來如此，這麼說也有道理……不過，妳們之前有那麼要好嗎？」

「與其說要好……之前心春同學安撫過我的不安，那一次的事情讓我單方面對她有了好感。後來我們偶爾會互傳簡訊……哎，雖然說，她應付得滿草率的就是了。」

「草率應付？」

「是的……你看，就像這樣。」

天道說完就苦笑著將手機畫面秀給我看。

畫面上頭顯示她們倆目前的訊息歷程。

〈我：心春同學，妳覺得何謂戀愛呢？〉

〈星之守心春：是怎樣，教育旅行玩昏頭了嗎？妳有夠煩的耶。〉

真的很草率。呃……坦白講，我相當能理解心春學妹的心情。感覺天道找人閒聊的方式確實既文青又煩人，剛才那段互動就是好例子。

不過，天道似乎也喜歡心春學妹那樣回應。她心情頗佳地嘻嘻發笑，並再次輸入同樣的問題。

〈我：說正經的，心春同學，對妳而言戀愛的定義是什麼？〉

這語氣好煩。她想怎樣？我絕對不跟這種人交朋友。

老實說，我以為對方不會再回訊了……意外的是，回應大約隔十秒鐘就來了。天道的智慧型手機震動。

我探頭看去時，天道就將螢幕解鎖。上頭顯示的回應是……

〈星之守心春：性慾。〉

「「哇噢……」」

這傢伙講話超直接的，我和天道都難掩動搖……原、原來心春學妹是這種性格？難道是因為天道太煩人，她就露出本性了？

我們陷入難以言喻的氣氛……坦白講，真夠尷尬的。打算閃人的我說：「那、那麼……」離開背後的牆壁。然而就在這一刻，天道的手機又震動了。

心春學妹肯定是隨便想了什麼詞來替自己粉飾，蘑菇歸蘑菇，我也要求天道再讓我看看她的手機。

結果，接著傳來的內容一反我們的預料……是誠懇得令人意外的一段話。

〈星之守心春：——直到最近，我都滿認真地認為是性慾。但我之前插了光那樣無法說明的妻子，所以或許也不盡然吧。〉

她這段話讓我們倆目光相接了一瞬……然後，天道再次輸入回應。

〈我：心春同學，那妳目前是怎麼想的呢？〉

天道將輸入完的文字發送出去，回應卻好一陣子都沒來。即使如此，我仍未離開現場，天道也依然盯著手機。

就這樣……大概經過了足足一分鐘吧，天道的手機震動了。

我們感到有些緊張並確認畫面……上頭顯示著應該是心春學妹以自身觀點做出的感覺十分誠懇，而且簡明扼要的回答。

〈星之守心春：我想戀愛何止超乎理性，更是能輕易凌駕於慾望之上的一股傻勁。〉

「「…………」」

她的回答讓我們不禁無話可說……我不明白天道的心情，但是至少就我而言……她那句話……深深扎進了胸口，以致我忍不住立刻從畫面上別開目光。

「（倘若……倘若如此……最能體現那種傻勁的人是……）」

不行了，我的胸口痛得無可救藥。我只對天道說了聲「掰」，然後連她的回應都不聽就匆匆離開現場。

於是，從走廊拐彎之際，我回頭瞥向天道的身影……

「…………」

她仍盯著智慧型手機的畫面。

宛如幽靈，孤伶伶地站在冷清的走廊上。

天道花憐

「……呼……」

將肩膀泡進露天澡堂的浴池以後，我總算鎮靜一點了。

跟上原同學分開後，我獨自在走廊上杵了一會兒。雖說京都位於關西，木板走廊總還是會冷。前往大澡堂的我為了避人目光，來到露天浴池的角落。

在寬廣的浴池邊際，我偷偷躲進岩塊的死角享受熱水澡。這時候……

「不妙耶！這裡比想像中大多了～！」

露天浴池的入口附近傳來了其他女生欣喜的說話聲。我把身子縮得更隱密，以免被她們看見。

關於髮色和容貌引人注目這一點，我已經認命了。話雖如此，赤身裸體被人凝視還是會覺得羞恥。

當我努力要銷聲匿跡，盡量不顯露任何動靜時，我忽然想起了雨野同學的事情。

「（對了……他曾經提過自己在學校和班上不太有容身之處……）」

老實說，一向活得抬頭挺胸的我對他的話並沒有產生共鳴。

試著像這樣落於毫無防備的狀態後，他談到的那種無助，我好像稍微能體會了。

「（原來如此，對自己沒自信的時候，會覺得他人的目光非常討厭呢……）」

好比在瀏海梳不好的日子被人凝視臉孔一樣。以雨野同學的立場，那或許可以代換成校園生活的一切。

雨野同學在我眼裡是非常有魅力的人物，然而他心目中的他肯定並不是那麼一回事。正因如此，他才……

思考到這裡，我不由得把熱水潑向自己的臉。

「（以往我始終沒有思考過這些……）」

回想起來，我總是只顧自己。當我希望知道雨野同學的想法時，也只是希望知道他對我的想法而已。

我幾乎沒有思索過雨野同學的煩惱，或者苦悶。

「（然而，星之守同學和亞玖璃同學一定有……）」

忽然間，我想起被他弟弟以鄙視的眼光相向時的事。溺愛哥哥的他為何會給我低評價？如今我……好像稍微能理解了。

「……唉～～」

內心越來越軟弱……從之前就是這樣，一扯上雨野同學，我就會完全失去本色。我根本維持不了對自身能力懷有驕傲與自信，心態也光明磊落的天道花憐。他的視線、他的心思動向、他對我的想法，都讓我介意不已。

「我……」

我在心臟前方用力握住手。心虛不已。和心春同學所說的戀愛定義差太多的心理。我……我該……

「？」

就在這一刻，我察覺有人朝這裡過來的動靜。有人嘩啦嘩啦地撥開熱水走過來。

我連忙擦掉眼角盈上的淚水，讓心情穩定下來，並且裝成平時的「天道花憐」，等著那個人現身。

就這樣，過了幾秒。

「哇！」

對方大概沒想到會有人待在這種角落，就發出了驚訝的聲音。

我向她投以客套的微笑。

「啊，對不起，嚇到妳了——」

「……花憐同學？」

「咦？」

對方不解似的對我搭話，我才重新觀察對方。嬌豔泛紅的白皙肌膚；前凸後翹得靠一條小毛巾遮不住的身材……還有端正臉孔；以及特徵明顯的髮質——

「……千秋同學？」

我訝異地回話，她就顯得有些緊張地連連點頭。

「啊，沒錯，是我是我……那個……好……好巧喔。能、能不能到妳旁邊呢？」

「咦？好啊，當然可以，妳請便。」

我說著稍微往旁讓開，千秋同學則一邊折毛巾一邊輕輕泡進澡池，然後瞇著眼睛發出十分放鬆的「呼～」一聲……好可愛。

面對一臉舒暢地打著哆嗦的小動物型女生，我提出疑問：

「話說回來，妳怎麼會特地到這麼邊緣的地方……」

「…………妳要問這個嗎？問身為落單族的我？」

「……我感到很抱歉。」

「反了反了，我才想問像妳這樣的人物怎麼會待在這裡，嚇我一跳呢。意外程度像是從迷宮開頭的寶箱冒出了最終首領。」

「鬧成那樣確實就不是受驚嚇而已了，正常會懷疑有ＢＵＧ。」

「咦，花憐同學，妳出了ＢＵＧ嗎？」

「妳的無心之言很沒禮貌耶。我只是想躲避他人的視線，自然就來到這裡了。」

「懂了懂了。畢竟美女會吸睛嘛。」

千秋同學陶醉地看著我，並說出彷彿無關己事的感想……莫非她不曉得自己也有副讓同性相當稱羨的身材？

「…………」

我找不到什麼好聊的話題，我不經意仰望夜空。熱氣的另一端有星星閃爍，然而還不到賞心悅目的程度。

「（這樣一比……我爬階梯到望星廣場時，在山腰看的那片夜空更美……）」

思考到這裡，我便聯想起當時發生的事而回神。我不禁望向旁邊，就發現千秋同學也一樣茫然仰望著星空。

「（要確認當時的事情……現在正是時候呢……）」

如此心想的我決意要問她，嘴巴卻光會開開闔闔，完全發不出聲音。多麼脆弱啊，像我這樣的女人。我打從心裡對自己感到丟臉，忍不住低下頭。隨後——

「……那個那個，之前大家玩《ＧＯＭ》那天，晚上有發生過事情。」

——千秋同學彷彿看穿我的心思，突然談起來了。我回神抬起臉龐。至於她，則是依然仰望著星空。

「…………」

好似有所猶豫的幾秒鐘沉默。但是……她跟我不同，堅決的意志在眼裡沸騰以後就朝向我這邊，帶著害羞似的笑容，開誠布公地說出來。

「我向景太告白，然後，被他甩了。」

「……咦？」

事端突然揭露，使我瞠目結舌。

她的話令人意外，更有甚者……不知道為什麼，她看起來十分耀眼。

千秋同學接著就由衷感到抱歉似的雙手合十，對我賠罪。

「對、對不起，花憐同學！我……我明知道景太在跟妳交往，卻還向他告白，我這麼做實在太差勁了！呃，所以請妳務必盡情地鄙視我、責備我！」

「咦……咦咦？」

「來吧，不用顧忌喔，花憐同學！請叫我狐狸精到妳滿意為止！啊，不對，結果我並沒有勾引到景太，所以叫狐狸精不太貼切。呃，那就改成…………豬就可以了！叫我豬！噗唏，噗唏！」

「妳自顧自地在說些什麼啊！不用了，不必那樣！請妳停止！」

「可、可是可是，這樣會有名為『贖罪』之龍在我內心作亂……」

「又來了嗎！在妳心裡作亂的東西未免太多了吧！請妳克制一點！」

「我明白了……我……我會用力咬舌克制的！唔噫～～」

「停下來！」

「襖痛，襖痛，花憐同學。偶停，偶停下來。」

千秋同學真的想咬舌，我就捏住她軟嫩的臉頰往兩旁扯，阻止她那既詭異又過火的贖罪行為。

於是當雙方總算冷靜點以後，就換我開口了。

「不過，既然妳知道會這麼後悔，又為什麼要向他告白……」

我的疑問使得千秋同學搔了搔臉頰。

「啊哈哈……是、是為什麼呢…………奇、奇怪？我記得是……啊哇哇，仔細一想，那次告白根本沒有什麼願景！即使景太接受了，也會鬧得雞犬不寧嘛！好恐怖好恐怖！我在做什麼！」

「妳現在才發現？既然這樣，當初到底為什麼……」

我澈底傻眼了，千秋同學就難為情地笑著回答：

「啊哈哈……可是那時候的我對於往後的一切，完全沒有思考過耶…………受不了，我真的好傻。」

「……啊……」

忽然間，我想起心春同學對戀愛的定義。

〈戀愛何止超乎理性，更是能輕易凌駕於慾望之上的一股傻勁。〉

那句話在腦海中重複好幾次。

我沉默下來，千秋同學便繼續說：

「總之，花憐同學，我一直想對妳吐露這件事，並且向妳道歉……其實，我和景太，兩個人都是這樣想的。」

「……啊，所以你們才一直……」

我總算想通了。他們倆想找我談，果然不是為了報告交往的事。正如上原同學所說，全都是我自己嚇自己。可是……

「（為什麼呢……誤會解開了，我卻一點也無法坦然地感到高興……）」

這兩人之間何止什麼也沒有，還對我誠摯得無以復加。明知如此……至今仍留在心坎的這種不安，這種疙瘩，究竟是什麼？

千秋同學看似有些焦急地繼續說：

「那個那個，景太真的對妳一片誠心喔。正因為這樣，他才想跟我一起向妳報告有告白這件事！所以所以！那個那個，妳要鄙視我或討厭我都沒關係，唯獨就是不能錯怪他……」

千秋同學不安地如此懇求，我便回以微笑。

「不要緊喔，千秋同學。雨野同學自然不用說……誰會因為這種事就變得討厭妳呢？」

「嗚嗚……多麼寬宏大量……！……大、大小姐啊啊啊唔哇啊啊啊啊啊！」

「不過唯有妳心中作亂的那股情緒，能不能請妳盡快處理呢？」

「對、對不起……」

千秋同學害羞地把嘴巴泡進澡池裡。她那模樣真的很可愛，讓我忍不住露出微笑。

「但是……既然妳跟雨野同學說好要一起報告，為什麼妳會在這個時間點，自己向我吐露呢？」

當我坦然感到不可思議而這麼問時，千秋同學就從澡池裡緩緩浮起，帶著柔和的笑容面對我。

「難得的教育旅行，我認為絕對不能讓景太和妳就這樣帶著隔閡度過。與其這樣……與其讓景太痛苦，跟他之間的約定再多，我……都可以違背。」

如此告知的她太過堅強，也太過耀眼，而我……終於了悟了。

「（啊，原來這……這就是真正的……心春同學提過的……）」

假如這……這才是……真正的為人著想——

那我……往後的我，能為雨野同學做的是……

「……呼唔～～話說回來，溫泉好溫暖又好舒服呢……花憐同學。」

我陷入沉思。將肩膀完全泡進澡池、一臉陶醉的千秋同學便向我搭話。

我也陪她一起將肩膀泡進池子裡。

然後，我一面緩緩閉上眼睛，一面說出直率的心情。

「真的呢……感覺非常溫暖……很令人舒服呢，千秋同學。」

「哎呀呀，沒想到，居然會被他們丟包……」

鄉下的男學生隻身一人杵在連左右都分不清的東京車站內。

……大家好，各位所見的是教育旅行第三天的我。

終於被組員們「丟包」的男人，雨野景太。

「從那五個人說要去上廁所，已經過了三十分鐘耶……」

我反而覺得真虧自己能乖乖等到現在……難道是我遲鈍嗎？

我背靠在驗票閘口前面的柱子，一邊獨自深深嘆息。

「感覺我正一路順利地接近地獄深淵耶……」

照這樣看來，不知道教育旅行第四天會變成什麼樣……光想就可怕。

「哎，無所謂啦。」

我重振旗鼓似的嘀咕，並且切換想法。

實際上的重點在於，我對「被丟包」這件事並沒有受到多大傷害。我原本就是落單族，對於單獨行動絲毫不覺得抗拒。最慘的反而是大家一起行動，卻還對我「小動作」頻出。從這種角度來想，既然現在完全被孤立了，我甚至覺得這樣有這樣的痛快舒暢。

「話雖如此，一個人被丟在東京，也沒什麼事好做耶。」

只好試著用智慧型手機搜尋「東京」、「觀光」，但實在打動不了我。原本今天一整天就是分組行動，我們本來規劃要逛東京鐵塔、上野還有淺草。但是……現在變成這樣，老實說要追著他們跑也令人不爽。既然放我一個人，我就該自己享受才對。

思索片刻之後，我打開簡訊軟體，試著向電玩同好會的成員搭話。

〈我：我因故變成單獨行動了，特此告知。〉

這時候，比任何人先給我回應的，果然是亞玖璃同學。

〈亞玖璃：有笑點。〉

「笑什麼點。」

這個辣妹是怎樣？真氣人。難道她是把我的不幸當成養分的惡魔還什麼嗎？當我感到憤慨時，接著就收到了上原同學的訊息。

〈上原祐：鏑木真的很遜，他根本怕你怕得要死。不過這樣你反而痛快舒暢吧？爽爽玩一天吧。〉

「不愧是上原同學，跟亞玖璃同學當男女朋友真是糟蹋了他的體察力……」

說真的，為什麼這種聖人會跟惡魔交往啊？世間太不可思議了……不過，我們這一對格差情侶也沒資格講別人啦。

當我思索這些時，隨後千秋就傳來令人不解的話。

〈星之守千秋：你目前在東京車站嗎？請稍等一下，我會努力幫你把事情搞定！〉

「把事情搞定？」

她在講什麼？難道千秋要帶她們那一組跟我會合？這樣就有天道同學在，我是很高興……不過其他組員就不曉得了。

我承受著不安的侵襲，提心吊膽地等了三分鐘。突然間，手機震動了。我一時還以為有狀況而存著戒心，不過看來似乎是有來電……我的落單史太長，會看到這個來電畫面真的很稀奇……

「呃，奇怪，天道同學？」

朝畫面一看，是天道同學來電。疑惑歸疑惑，我還是接起電話，天道同學帶勁的嗓音頓時從手機傳來。

『雨野同學，我們倆一起在東京約會吧，一起遊東京！』

「咦？」

這項提議讓我忍不住心動。

我當然沒多問其他細節，二話不說就答應了她的提議。

如此換來的結果是——

＊

「我們到了，秋葉原～～！」

「我想也是啦～～……」

以「遊東京」一詞所能聯想到的地方，或許稍有詐欺之嫌，我和天道同學兩人來到了這樣的土地。

天道同學帶著閃亮亮的眼神對情緒有些低落的我抗議。

「雨野同學，你是怎麼了！這裡可是秋葉原耶，秋葉原！對電玩咖來說，也算某種聖地不是嗎！」

「要說的話，確實算某種聖地啦……不過，這年頭又沒有非這裡買不到的遊戲……」

我好歹也算御宅族的一分子，對「秋葉原」這個名字倒不是沒有莫名心動的部分……那麼，若要問到來這裡有沒有什麼明確目的，老實講，沒有。

然而，以天道同學的立場，似乎就不太一樣了。她略顯興奮地說明：

「我覺得會有許多可以發掘的古董遊戲喔，雨野同學！」

「呃，我又不是懷古玩家，再說光玩最新的遊戲就撥不出空了……」

「在鄉下幾乎看不到實物的相關精品也多得很喔！」

「那我或多或少有興趣……不過，我喜歡的終究是遊戲本身……」

「啊，雨野同學，請你看那邊！有ＧＡＭＥＲＳ的總店喔，ＧＡＭＥＲＳ總店！感覺莫名親切呢！」

「確實是這樣。真不可思議。」

「請看，雨野同學！有女僕喔！好可愛呢，好可愛呢！」

「不，妳比她可愛多了。」

「唔呼！」

天道同學突然驚呼一聲停住了。亂亢奮的情緒就此打住固然好，她卻滿臉通紅地一邊發抖一邊低著頭，變成這樣倒也讓人困擾。但我一點也搞不懂原因。她是怎麼了？

我不得已，只好從車站前環顧秋葉原街道，重新向天道同學訴出感謝之語。

「話說回來，謝謝妳，天道同學。還讓妳專程來陪落單的我……」

「啊，不會不會。」我的話終於讓她回過神答覆。

「要你陪同來秋葉原的反而是我啊。」

「不過天道同學，妳沒有跟著妳們那一組行動真的好嗎……」

「是啊，沒問題。原本我們各自想去的地方就很不一樣，也講好遲早要分開來行動。」

「這樣啊。」

我安心地捂胸，然後重新跟天道同學一塊走在秋葉原的街道。

像這樣散步會覺得原來如此……秋葉原街上確實令人情緒亢奮。有這麼多電玩及漫畫點綴整座街道，就是在鄉下絕對看不到的光景。即使什麼也不做，人在這裡就已經很開心了。這十足是可以稱為「觀光」的行為。

為了享受這種情調，我和天道同學兩個人便在街上遊賞閒晃了一陣子。

後來我們倆晃到電玩店，發現有花車特價區，兩人眼睛都閃閃發亮，開始拚命物色……差不多該承認了吧。說來說去，到最後我也是遊戲軟體在眼前就覺得羅曼蒂克怎樣都無妨的那種人。

這時候，天道同學拿了一款超級任天堂的軟體，還嘀咕著：

「……其實，比任何人都努力安排，好讓我們今天能像這樣兩人單獨行動的，是千秋同學喔。」

「千秋？」

我一邊讀著Dreamcast軟體包裝背面的文字一邊反問，天道同學就點點頭繼續說：

「是的。有一部分就是因為她竭盡所能地向所有組員主張盡早解散，我才能像這樣趕到你的身邊……」

「哦……這樣啊。」

我將軟體放回花車並對千秋獻上深深的感謝……受不了，那個海藻類真是…………

這時候，天道同學卻不知為何盯著我的臉。我後退一步，紅著臉問：

「有、有什麼事嗎？」

「不，沒事……雨野同學，那我們差不多該離開了吧。」

「啊，好的，說得也是。」

在天道同學催促下，我們離開店鋪。儘管我們倆都拚命物色，卻什麼也沒買。單純逛開心的舉動對店家實在過意不去，但我們光看到許多稀奇的遊戲，在無形間就獲得滿足了。

離開店面時，從我們來到秋葉原街上已經過了約一個小時。差不多可以換地方了吧？當我開始這麼想的時候，天道同學就好像興奮得按捺不住地向我提議：

「雨野同學，雨野同學！我們順便到遊樂場吧，順便！」

「好啊……」

在教育旅行途中到遊樂場，這種類似窮酸不良學生的行動模式，對骨子裡基本上屬於乖學生的我來說會有點抗拒。然而，可愛的女朋友眼睛發亮到這種地步，我也無可奈何。再見，曾是乖學生的我。

我折衷表示：「只逛一下喔……」然後就在回車站的途中踏進大型遊樂場……大白天穿

制服進遊樂場，希望不會被帶去輔導。

「咦，奇怪？這間遊樂場，人是不是滿多的？」

「會嗎？」

我的女朋友看似毫不介意地一路往裡面走。我跟在她後面，同時也東張西望地窺探周圍的狀況。越往店裡走，人就越多。當我開始覺得果然不尋常的那個瞬間，貼在牆上的活動宣傳海報就闖進了我的眼中。

「啊，果然。天道同學，妳看，現在似乎有好幾個知名cosplayer來到這裡，要為新遊戲的宣傳活動造勢…………咦，奇怪？天道同學？」

我一回神，天道同學就不見了。看來她似乎往更裡面去了。這個人還是老樣子，一面對遊戲，眼神就變了樣……雖然我也沒資格說別人啦。

儘管我無奈地聳肩，還是為了找回橫衝直撞的女朋友而往前——

「咦？啊，呃，等等，不是的，你弄錯了。我並不是……」

「？」

——當我正要往前的時候，就發現情況有異。前方好像傳來了天道同學窘迫的聲音，人潮也同時出現波動。

我有不好的預感，儘管對不起周圍的人，我還是稍微強硬地往前闖。於是，在我總算趕到前面時，看見的畫面是——

「咦……」

——人氣更勝在場cosplayer們的天道花憐攝影會光景。

天道同學慌忙地揮手。

「我、我說過不是了，那個，我並不是來參加那種活動的！」

……糟糕，慌張的天道同學好可愛。而且會這樣想的不只是我，整座會場都被她的魅力吞沒了。

「（……啊，會這樣倒也難怪。畢竟大白天的，還有個穿著高中制服，感覺缺乏現實感的金髮美少女……）」

像她這樣出現在cosplayer聚集的會場，要人不誤解才難。要怪罪那些擅自拍照的人才過分吧。

話雖如此，天道同學正在傷腦筋，我還是不能容忍。

猛一看，還有男的想趁機從低角度拍照——

「花憐！」

——我立刻放聲大喊，然後使勁撥開人群，硬是拉了天道同學的手。

「妳在搞什麼啊，受不了！來，跟我走！」

「咦？雨、雨野同學……」

「呃，不好意思，驚擾大家了。她只是經過的路人，混淆大家的視聽，實在萬分抱歉。那我們告辭了！」

我一面賠罪一面強拉天道同學的手，趕著從現場離去。

我們就這樣離開遊樂場，大約走了五十公尺。

「雨、雨野同學，那個……那個……」

「什麼事！」

激動仍未平息的我回應怯生生地從背後拋來的話。

這時候，天道同學儘管忸忸怩怩……還是對我嘀咕了一句。

「呃……在這麼多人面前還這樣，似乎會有點，不好意思……」

「咦？」

我聽不懂她說的意思，便回頭確認。於是……

「啊……」

不知不覺中……我跟天道同學十指交扣，明目張膽地像情侶一樣牽著手在街上走路。

我一發現，頓時臉紅得冒煙，然後急忙放開她的手賠罪。

「對、對不起，天道同學！啊，哇哇，我怎麼會做出這麼蠻橫的行為……」

「啊，不是，你誤會了，我並沒有排斥，呃……」

我們倆面紅耳赤地低下頭。我也明白周圍正對我們投以「這兩個人在幹嘛」的目光，但現在顧不得那些了。

我搔著後腦杓，對天道同學賠罪。

「真的很抱歉……我看到妳在傷腦筋，就……就……」

我深深反省，並對天道同學坦承自己的想法。

「就變得，不顧一切了。」

「咦？」

「咦？」

得到她不解的反應，我也回以問號。不知道為什麼……天道同學的眼眶濕了……同時，還帶著十分溫柔的表情凝望我。

「這樣啊……原來……原來，你也一樣。」

「唔、唔嗯？」

這、這是什麼意思？總之，感覺她並沒有生氣就是了……

當我心慌時，天道同學深深吸了口氣。

緊接著，她帶著充滿某種決心的表情繼續說：

「那我也要……確實回報你真摯的心意才可以呢。」

「是、是喔……」

糟、糟糕，我完全搞不懂話題的演變。明明不懂，卻唯獨聽得出這好像是很重要的話，我便慌到不行。

我因此渾身僵硬，天道同學就……我的女朋友就輕輕地主動握了我的手，然後直接牽著我，笑容滿面地說：

「雨野同學！我們要盡情享受今天的約會！好嗎！」

「咦？」

……我不清楚任何細節，可是……肯定沒有別的事會比我們倆像這樣玩得開心更重要。

「……是啊！當然了！我們盡量玩吧，天道同學！」

我活力十足地這麼回答她。

事後回想，我跟她兩個人，都充分享受了這趟教育旅行中最幸福的一天。

亞玖璃

教育旅行終於接近尾聲的第四天早上。

人家比每個組員起得更早，然後獨占洗臉台，費勁整理自己的儀容。

畢竟對人家來說，今天……可以在迪士特尼樂園自由行動一整天的今天，才是教育旅行的重頭戲。

實際上到今天為止，人家對教育旅行的感想只有一句話——「不過癮」，除此之外沒什麼好說。

跟班上同學鬧哄哄地旅行，當然也滿開心的。

一起觀光、吃飯、熬夜、玩鬧。

在那當中卻沒有祐……沒有最喜歡的人的身影。光是意識到這一點，所有喜悅就會瞬間褪色。

假如跟祐在一起就更好吃了；跟祐在一起就更開心了。

不管怎樣總會有這種念頭如影隨形。雖然對組員們不好意思，但這一點就是人家自己也無可奈何。

人們常說相思成病，的確，在肉體上、精神上，有害於日常生活的這種情愫，無非就是病。能壓抑症狀的方法只有一種，直接跟祐見面，多多攝取祐的成分。

……啊，不對，除此之外，目前還有一種方式可以稍微排遣。

人家迅速操作擺在洗臉台旁邊的智慧型手機，向戰友發送訊息。

〈我：雨雨，今天有沒有記得修剪鼻毛？〉

於是，對方似乎也已經醒了，回應立刻傳來。

〈雨野景太：為什麼講得我好像總是有鼻毛露在外面？請不要這樣。〉

〈我：啊，抱歉……你很在意……對不對……？〉

〈雨野景太：咦，真的嗎？難道我從春天跟妳認識時就一直有鼻毛露在外面？〉

〈我：不要緊，才兩公尺長而已。〉

〈雨野景太：根本貼在地板上了吧！在小說裡都可以當成敘述性詭計了，這是哪門子的衝擊真相！原來我的高中生活都是跟鼻毛一起過的嗎！〉

〈我：呃，雨雨，人家還在整理儀容，鼻毛的話題已經聊夠了吧？〉

〈雨野景太：簡直像是我起的頭一樣！失陪了！〉

雨雨搭配表示強烈怒氣的貼圖，傳來最後這段訊息。

人家看了忍不住嘻嘻發笑，然後重新望向面前的鏡子。

「好……今天要加把勁努力！」

或許是太過期待和祐見面，目前鏡子裡的人家充滿了前所未有的活力。

「喂～～雨雨，這邊這邊。」

在穿過迪士特尼樂園入口馬上就到的廣場。人家發現了在人潮中被擠來擠去的小不點身影，就大動作地揮手叫他。

於是，他——雨雨注意到人家，臉色頓時變開朗，還「噠噠噠」地碎步跑過來。

「啊，亞玖璃同學，早安！」

明明早上才用那種方式逗過雨雨，他卻滿面笑容地喘著氣趕來人家面前。

人家不禁一邊笑一邊拍了拍他的頭。

「呀呀～～雨雨，你真是忠犬耶。」

「咦？啊，難道說，我的頭髮有睡覺時壓過的痕跡？」

雨雨似乎有誤解，就開始努力整理髮型……真拿他沒辦法。

人家不經意地胡亂抓了抓他的頭，然後直接往前走。

「走吧，我們趕快趁大家來以前先去買『菈蓓亞詩』，雨雨。」

「欸，妳搞什麼嘛，受不了！」

雨雨大概在早上花了長時間梳理吧……看起來太整齊又不可愛的髮型被澈底毀掉，讓他氣得發飆。

人家則是隨興地吹起口哨，理都不理就往入口旁邊的店家走進去。

含著淚整理頭髮的雨雨跟在後面，在店裡看完一圈以後就安心地鬆了口氣。

「啊，收銀區完全沒有人排隊耶，太好了。」

「嗯，畢竟是價格和稀有度有些不搭的精品嘛。不過正因為這樣……」

「是的，感覺正好適合送給天道同學當禮物！」

純情男孩立刻緊握著疑似在不知不覺中從包包掏出來的皮夾，眼裡還閃閃發光……人家不經意地一摸，把皮夾從他手中抽走。雨雨頓時淚眼汪汪，做出有如世界末日到來的反應。

「還……還我，把皮夾還來啦，胖虎！」

「誰是胖虎啊？拿去，既然要拿在手上，你就該拿好一點。」

隨手還回去之後，雨雨就小心翼翼地守著皮夾，還鬧脾氣似的瞪人家。

「在這座夢幻國度裡，頂多只有某個野蠻辣妹才會冒出那種邪惡的念頭啦……」

「……嘿。」

「哇～～！奇怪，剛才我明明抓得滿緊的耶！妳那是什麼卓越的扒手技能！」

「好啦，雨雨，來瞧瞧你的皮夾裡面有多少……」

「住、住手啦，胖虎～～！」

雨雨含著眼淚求人家…………哦～～

「（這是怎麼回事呢？人家一看著雨雨，就很想欺負他。同時，人家卻也打從心裡希望他能變得比任何人都幸福。）」

對人家來說，雨雨真的是很不可思議的存在。雖然以異性而言，他是萬萬不及祐的小不點，然而要說他跟人家是否只算普通朋友，感覺又明顯不一樣。

「…………嗯～～僕人？小廝？寵物？……啊，或許類似賞玩用的動物……」

「哇～～胖虎嘀嘀咕咕地冒出了讓人聽得很不安的話～～！」

人家把玩著雨雨的皮夾，進一步思考。

很遺憾，人家並沒有兄弟姊妹，可是假如有弟弟，肯定會是這種調調……唉，嚴格來講就是因為沒有，結果也說不準。

一面思考這些一面往店裡走，我們總算來到了擺著「限定版菈蓓亞詩」的商品區。充滿高級感的情侶熊玩偶兩隻一組，被分成各種顏色陳列。

人家把皮夾還給雨雨，並且一起花心思認真物色那些熊熊。

「嗯～～……粉紅色配藍色……會不會比較像人家跟祐呢……」

「不，妳只能選黑與白吧。因為是黑心惡魔配聖人男友——」

人家略為用力地用手肘頂向雨雨的肚子。他看似痛苦地說：「夢幻國度裡，絕不能放行讓這種人進來吧……結界怎麼沒有起效用……」呻吟得像個噁心阿宅，然後才勉強穩住陣腳，開始挑自己跟女朋友的份。

「天道同學和我的話，還是該選可以聯想到金色秀髮的黃，還有男性經典色的藍……」

「欸，去掉半邊，你買一隻黃的就夠了吧？」

「有惡魔。貨真價實的惡魔已經入侵夢幻國度了！」

雨雨開始瑟瑟發抖……糟糕，人家覺得現在好歡樂。

人家跟雨雨就這樣一邊互相搗亂，一邊對商品評定了片刻。

於是到最後，人家買了粉紅色與綠色的菈蓓亞詩，雨雨則買了黃與藍的菈蓓亞斯。

拿掉標價的菈蓓亞詩被直接放進手提袋裡。雖然也可以做個可愛的包裝，不過菈蓓亞詩就該兩隻一組讓對方直接收下，人家和雨雨都拒絕包裝了。

相對地，拿了手提袋的我們倆慎重以對地從店裡離開。

接著在前往電玩同好會成員事先約好碰面的廣場路上，雨雨問了人家：

「亞玖璃同學，為什麼送上原同學的熊要選綠色呢？沒選藍色好嗎？」

「可以啦。雨雨，畢竟你選了藍色代表自己嘛。」

「是的。這是經典色，再說從雨野這個姓會聯想到的還是藍色吧。」

「嗯。那麼，既然你挑藍色，對人家來說，藍色不就嗯嗯的了？」

「這個人忽然用刀子嘴傷人耶。」

雨雨洩氣地垂下肩膀。人家則哈哈笑著繼續說：

「哎，實際上兩邊撞色也不太好。再說，與其挑普遍的藍……祐應該適合給人印象更有男子氣概的顏色。呵呵～」

「是是是，感謝指教。與其挑我這種路人型的藍，上原同學確實比較適合可以聯想到大自然的綠。」

「就是嘛～」

人家從手提袋裡拿出菈蓓亞詩，看著粉紅色與綠色熊熊恩愛似的黏在一起，便喜孜孜地笑逐顏開。配在熊熊脖子上的鈴鐺微微發出「叮鈴」聲，小巧可愛地晃著。

雨雨也學我從袋子裡拿出菈蓓亞詩。黃熊熊與藍熊熊相互依偎的幸福身影就在眼前。

我們忍不住停下腳步，然後看著彼此的菈蓓亞詩，沉浸在感慨之中。

「打工……好辛苦對不對，雨雨？」

「是啊……真的很辛苦。」

由於地方上的客人態度相當惡劣，之前在超商站收銀台的打工比想像中嚴苛。尤其是雨雨，他慘到每次輪完班都會因為壓力而消瘦。

雨雨和凡事只求過得去又很會閃的人家不一樣，有客人相求就會提供明顯超出打工範圍的協助；另外，要是被客人抱怨，無論有多不講理，他都會由衷感到沮喪。像他這種性格的男生，真的活得很累。

即使如此，既然雨雨有一絲機會對天道同學「證明自己的愛」，堅決不氣餒的他還是繼續打工……於是到今天，他總算將盼望已久的菈蓓亞詩拿到手了。

這麼一想，雖然人家當然也很重視自己這對菈蓓亞詩，不過雨雨得到菈蓓亞詩的光景，同樣讓人家冒出不合立場的感動。

而且，看來有這種想法的並不只有人家。雨雨同樣顯得感觸深刻地望著人家的菈蓓亞詩，然後有些害臊地開口：

「呃，那個，亞玖璃同學，謝謝妳過去在各方面的照顧。」

「啊哈哈，什麼話嘛，你接下來要死了嗎？」

雨雨那種簡直像要迎戰遊戲最後魔王的態度，讓人家忍不住笑出來。然而，實際上他的心情倒也不是無法理解。

……約碰面的地點就在不遠處。

人家在最後為了替雨雨……替戰友送上聲援，就用單手輕輕捏起自己的粉紅菈蓓亞詩。然後像表演腹語術那樣，把熊熊拿到自己面前，一邊輕輕撥它的手一邊裝出假音說：

「那麼那麼！祝你善戰喔，雨野隊員！」

「咦，原來菈蓓亞詩是這種語氣的角色嗎？」

雨雨對人家的腹語術露出苦笑，但他也用單手捏起自己的藍色菈蓓亞詩，然後拿到自己的臉前面，和人家一樣送上聲援。

「感謝亞玖璃上士，也祝您武運昌隆！」

「嗯～～！」

接著，我們倆從熊熊旁邊探出臉，對彼此嘻嘻發笑。

胸口深處有股暖洋洋的勇氣湧現。希望雨雨也一樣。

我們把菈蓓亞詩放回手提袋，還為了避免讓伴侶發現有禮物，仔細收進自己的包包。

就這樣——

「那我們走吧，雨雨。」

「好，亞玖璃同學。」

——我們兩個，終於踏出腳步，朝決戰舞台出發。

上原祐

從結論說起，在迪士特尼樂園的一天過得開心無比。

由於電玩同好會的五個人如事前說好的一塊行動，情侶之間固然是沒有享受到打情罵俏的樂趣。

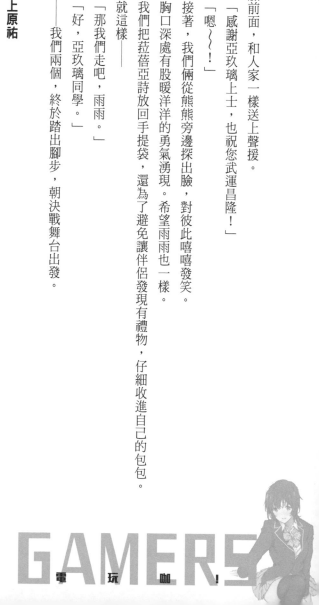

包含另一半在內，跟知心好友逛遊樂園不可能不開心。

尤其這次跟之前在修比爾王國的雙重約會不同，幸虧沒有放太多奇怪的心思在達成目的上，能坦然地玩各種遊樂設施占了很大因素。

玩刺激類設施，天道一臉從容地表示「簡直像唬小孩呢」，雙腳卻抖個不停的模樣讓人苦笑。

玩兩人同坐的設施，每次都隨機決定座位，結果我和雨野總是莫名其妙配在一起，引發了奇怪的笑點。

玩悠哉享受世界觀的遊樂載具，雨野和星之守感動得像純真小孩的模樣讓人感到溫馨。

於是轉眼間到了傍晚，有眾人期待的雨野和星之守之間的遊樂設施對決……

關於這項活動嘛，雨野和星之守完全同分——在電玩同好會成員中排最後，搞出了相當慘澹的結果。

那兩人不只輸我跟天道，甚至大幅落後平時不碰電玩的亞玖璃。要提到他們有多沮喪，那模樣可說根本就不在乎彼此之間的輸贏了。他們失神落魄的德性總歸讓我們笑翻。

另外，儘管男女朋友間沒有兩人單獨行動的機會，但或許反而要歸功於這樣的安排，我跟亞玖璃一起歡笑時就像過去一樣……不，有許多時候親密度更勝以往。而且每次遇上這種機會，我就會重新體認到。

果然，我最喜歡的就是亞玖璃的笑容。

對雨野和天道來說，肯定也一樣吧。

要集體行動，而非兩人單獨相處，才會明白另一半有多重要、多令人疼愛。那是充滿了如此情懷的一天。

話雖如此，我們之中並沒有任何人公然秀恩愛，至少應該都沒有發展成會讓星之守感到疏離的狀況……不過這也難講啦。總之在我看來，星之守似乎是由衷開心地度過了這一天。

不，何止如此，相較於以往，星之守對雨野和天道甚至比以前更敞開心胸了。由我的立場來看會覺得實在意外，他們連鬥個嘴都能營造出「知心伙伴」才有的氣氛。

或許是心理作用，這麼想的我也偷偷問了亞玖璃對他們的觀感，但是她跟我有一樣的見解。然而，結果我跟亞玖璃都完全不明白原因何在。倒不如說，之前天道懷著「那兩個人在交往的疑心」，也不知道是如何收場的。唉……不管怎樣，當事人之間看起來開心就好。所以說，我和亞玖璃都決定不多深究這一點，何況是當著天道的面。

就這樣，在迪士特尼樂園的一天開心地過去了。

接著太陽西落，開始搶位置觀賞遊行的傍晚時分。

我們幾個終於要讓情侶各自帶開了。

可是……

「星之守，妳一個人真的行嗎？」

我忍不住對星之守說出這種話。

之前悠閒至極的氣氛變得緊繃了些。周圍有許多情侶開心地在昏暗的樂園來來往往。

雖說是事前決定好的，演變成這種狀況，我們對星之守難免會湧上罪惡感。

當大家滿懷「要不然就還是所有人一起逛……」的氣氛時，星之守卻斷然拒絕如此優柔寡斷的意見。

「不，要我夾在兩對情侶中間看遊行，還是免了吧。對我來說，那已經算霸凌了。」

或許這麼說也對。即使如此，我們仍在猶豫，星之守便一個轉身，回過頭帶著笑容告訴我們：

「那麼那麼！因為我對遊行不太有興趣，趁遊樂設施空下來的這個機會，我要把有興趣的項目玩一遍！掰嘍！」

星之守說完就不容有其他意見似的跑掉了……坦白講，我怕她是在硬撐。話雖如此，她已經做球到這種地步，再挽留反而不識趣吧。

我們決定坦然接受她的好意。

……哎，實際上……有些事、有些話，我也想在跟亞玟璃兩人獨處時交代。天道恐怕也一樣吧。

「那我們也差不多……」

我如此催促，雨野和天道便點頭附和。

「嗯。那麼上原同學，待會見。」

「我們失陪了，上原同學、亞玖璃同學。」

兩人都不忘道別，亞玖璃便笑著朝他們揮手。

「好好享受喔～～」

合乎亞玖璃作風的輕鬆聲援讓天道帶著笑容回應：「是啊，你們也一樣。」

於是，在他們倆離去之際……雨野朝亞玖璃微微笑了笑。亞玖璃同樣只用微笑回應……

沒什麼大不了，互動僅只如此。跟之前的接吻未遂相比，根本是毫無震撼性的一幕。

可是，不，正因為這樣。

「（……我想也是……）」

我感覺到自己的內心，有某種念頭釋然冰解。

目送雨野和天道離去以後，我朝亞玖璃搭話。

「那麼，我們也去找位子吧。」

「ＯＫ～～……說不定會跟雨雨他們碰在一起。」

「那也夠尷尬的了……雖然說，感覺亂有機會的。」

「就是啊。」

我們倆一面談笑一面漫步於園內。園內被昏暗籠罩的主要道路早已鋪了許多塑膠墊，各個家庭與情侶正迫不及待地盼著遊行的時刻到來。

亞玖璃用溫柔的眼神望著那幕光景，並且嘀咕：

「總覺得……這種時段好棒喔。和白天有活力又開心的幸福不同，應該說……感覺有種窩心的幸福。」

亞玖璃臉頰泛紅，把手交錯在胸前嘀咕…………

「……噗哈，什麼話啊，真、真不像妳耶～」

我忍不住對自己這個辣妹型女友的感性口吻噗嗤笑出來。亞玖璃鼓起腮幫子抗議：

「怎、怎樣嘛！人家有時候，也會冒出這種心情啊～」

「是嗎～」

「是的～」

哎，我多久沒能像這樣跟女朋友純真無邪地拌嘴了。

我們一邊互相嬉鬧一邊在園內慢慢逛。老實說……我已經不在乎遊行了。此時此刻，只有像這樣跟她悠閒散步……才會讓我幸福得無以倫比。

不過，亞玖璃似乎仍在期待遊行。遲遲找不到好地方，使她有點鬧脾氣似的嘀咕：

「唔唔～～……這樣看來，我們完全來晚了耶……」

「也對……既然如此，乾脆盡可能往外圍走好了。與其擠在人潮裡面看遊行，還不如悠哉地從遠處觀望嘛。」

「……唉～～說得是。祐，反正人家看得到你的臉就夠了。」

「妳不要淡然說出這種話啦……我會不知道要怎麼反應。」

臉好燙。亞玖璃從以前就習慣隨口表示自己的好感，可是拿完全不在意的時候跟現在比，我受到的「害羞損傷」就差了兩位數。

「是、是喔……呃……」

亞玖璃似乎也沒想到我會有這種反應，就搔了搔臉頰，然後忸忸怩怩地沉默下來。

我們倆就這樣話不多地繼續走……其實我對找位子看遊行根本覺得無所謂了。結果回神以後，我們來到了從白天就幾乎沒有人的冷門遊樂設施前面。

這時候，不知從哪傳來了人群的鼓譟聲。看來遊行似乎開始了。依舊站著的我們茫然地探望狀況，遠遠可以看見微弱發亮的光團。

「唔哇～～從這裡根本看不見耶，遊行。」

「是啊。」

我和亞玖璃如此對話，卻一點也不懊悔……我們倆就這麼站在一起。光是這樣，感覺已經夠幸福了。

於是我們倆默默地過了一會兒，亞玖璃就說：「啊，對了。」並且轉向背後，開始在包包裡摸索什麼……難道她要拿野餐墊出來嗎？

「不錯不錯，沒有比現在更好的機會了……雨雨現在肯定也……」

「…………」

亞玖璃似乎十分開心，連我都感到幸福。

不過，正因為這樣……

我默默地看著，亞玖璃就拿出了她要找的東西……卻立刻反手藏到身後以免被我看見，還向我擺出孩子氣的笑容。

「嘿嘿～祐……祐！人家有事情要跟你說～」

那副笑容……讓我心頭揪緊到會痛的地步。然而，我仍設法回話。

「……這樣啊。我也是喔，亞玖璃。」

「咦，是喔？什麼事什麼事？呃，那麼那麼……你先說！」

亞玖璃笑容滿面地如此催促。

我看了這樣的她……感受到自己對她的憐愛之情好似高漲得要滿溢而出。

「亞玖璃。」

「呼咦？」

我朝她貼近一步，將距離縮短到身體幾乎相觸。我們身為情侶……以往卻沒有將距離拉得這麼近。

「祐，你——」

亞玖璃困惑了。不過，我為了讓這樣的她安靜，便彎下身——

「啊……」

我朝她——的額頭，吻了下去。

天道花憐

「結果我們和遊行離得滿遠呢。」

「是啊～」

我們倆朝空曠的地方一直走、一直走，就踏進園內冷冷清清的區域。而且這附近的遊樂設施似乎屬於在閉園時間前就早早結束的類型，目的在觀賞遊行的人自然不用說，現在就連想玩設施的遊客，甚至工作人員都看不到。

「…………」

難以想見聞名的迪士特尼樂園在營業時間會如此幽暗寧靜，我們望向彼此的臉……然後，忍不住笑了出來。

「某方面而言，或許很像我們的作風呢，雨野同學。」

「是啊。要找人少的地方，無人能出我之右。」

「你是在自豪什麼嘛。」

我和雨野同學相互嘻嘻笑了笑……遊行有多遠，我們倆都不在意了，只覺得這段時光……是多麼幸福。

我們遠遠看著遊行的微弱光芒，度過悠然的這一刻。

這時候，雨野同學突然嘀咕：「對了對了，差點就忘了。」把單肩背包轉到前面，開始東翻西找。

「…………」

「？」

雨野同學朝我瞥了一眼，然後不知為何一直用身體擋著以免要找的東西被我看見。儘管我不明白他的用意……不過，我也沒興趣勉強一探究竟不願讓人看的東西，便轉開目光。

接著不一會兒，他對我說：「讓妳久等了。」我重新看向雨野同學那邊，就發現……他好像反手在背後拿著什麼東西，還笑咪咪的。

「呃，天道同學，我有重要的事要跟妳說……」

雨野同學忸忸怩怩地如此開口。

儘管他那模樣……讓我心頭為之一緊。

我還是設法用笑容做出回應。

「我也是，雨野同學。我……也有重要的事情，要跟你說。」

「咦，這樣喔？有、有什麼事呢？呃，那麼……妳、妳先請。」

雨野同學心神不定地催我……雖然不曉得他反手藏著什麼，不過他肯定想盡快完事。證據在於雨野同學的目光與腳邊根本靜不下來。原本在這種時候，他應該不想被我打斷的吧。

可是，他依然願意……把優先權讓給我。

「（雨野同學對我總是非常溫柔呢……）」

明明我這陣子一直在迴避星之守同學和他的話題，是這麼地糟糕。明明我和他在一起的時候，任何事都做不好，是這麼地窩囊。

即使如此，他總是把我、把我的心情，放在第一。

想必那不是單純因為他懦弱，他是打從心裡在為我著想吧。真摯，而且誠懇。他的心意

肯定……比我所想的，更加濃烈。

「？天道同學？」

雨野同學看似擔心地窺探我的眼睛。換成現在，我就明白。他對我表露的話語，還有行動……連一次撒謊或不老實的前例都沒有。至少他對我，總是願意正面以待。可是，我們的戀情之所以會如此糾結……全是脆弱的我懷有不信任感所導致。

「雨野同學……」

我朝雨野同學貼近一步。身體彷彿隨時能相觸的距離。以往我們兩個，從未體驗過的……距離。

「咦，那個……」

雨野同學困惑了。我只是沖昏頭似的，望著他那張臉。

最後……我向他……不，向某人說了一句……

「對不起，雨野同學……即使如此，唯有這件事，我不想，讓給任何人。」

在我說出謝罪之語後。

「咦，妳究竟在說什……」

「我們——讓關係更進一步吧。」

我將自己的臉一舉湊向雨野同學困惑的臉。

「！」

我朝著驚訝的他——————將自己的嘴脣，疊上他的嘴脣。

星之守千秋

「咦——」

在我眼前——有天道同學和景太嘴脣相疊的光景。

「…………」

我只是……從稍遠的位置，茫然地，凝視那一幕。

「…………」

腦海裡亂成一團，什麼也無法思考。

我為了盡可能避開那兩對情侶，逃到沒有人會來的冷清區域，為什麼他們倆卻在這裡？

為什麼，他們在此刻，會做出那麼重大的行為？

為什麼，我這個人，偏偏就是會撞見這樣的場面？

還有為什麼……為什麼……

「……為……什麼……我會……」

明明，我和景太，已經只是「朋友」。

明明如此——

為什麼，從我的眼裡，卻源源不絕地……冒出淚水？

「……嗚……」

不願再看他們倆接吻的我背對那一幕。

那是出於不快？出於罪惡感？或者——

或者，至今仍在我心中持續茁壯的寶貴感情，其實還不願——抹滅那小小的火種？

為了離開他們倆身邊，我碎步拔腿就跑。

「……景太…………景太……！」

我莫名其妙地呼喚他的名字，在充滿希望的夢幻國度裡不停奔跑，只願能盡可能往陰暗的地方去。

雨野＆亞玖璃

「…………」

當下，自己被另一半做了些什麼？

無法立刻理解，短時間內只覺得呆然若失。

可是……幾秒鐘後，當這樣的事實總算伴隨著真實感。

頓時感受到，幸福、安心、勇氣——從體內爆發性地沸騰。

「（好高興、好幸福、好難為情，可是好幸福、好幸福、好幸福，所以要快點，快點表示自己的心意……！畢竟現在……現在正是最佳時機——！）」

臉頰變得紅通通，脈搏加速。

兩隻一組的熊，菈蓓亞詩反手抓在掌中，掌心是汗濕的。

趁現在，就只有現在。

自己愛著對方。好喜歡。好喜歡。好喜歡！所以請放心吧！

要主動將這樣的心意傳達給他，傳達給她，現在正是時候……！

「那、那個！我、我也也也也有準備，想送的東西……！」

情緒太激動，口齒不清。不過，那是多麼幸福的激動。

另一半正用從未見過的溫柔眼神凝望著自己。

那只令人感到欣喜。而且正因如此，自己也想將滿盈的情緒回報給對方，想讓對方看禮物，想加以證明。

一心一意，只想讓最喜歡的人高興，只求讓對方安心。

所以我覺得，所以人家覺得，就是現在——滿心想將菈蓓亞詩拿到另一半面前的時候。

「雨野同學。」「亞玖璃。」

另一半忽然叫了自己的名字。

「咦？啊，什麼事？」

儘管自己面紅耳赤，還是回過神抬起臉，用滿懷期待及興奮的眼神望著另一半。

於是他依然，她依然帶著從以前到現在最溫柔……而且滿懷愛意的表情。

「我和你——」「我跟妳——」

對我、對人家——

將那句決定性的話——

——將太過殘忍無情的宣言，擺到我們面前。

「分手吧。」「就此分手吧。」

「————咦？」

……反手拿的菈蓓亞詩，鈴鐺正隨著樂園吹起的冷風叮鈴作響。

✖後記

大家好，我是怕兩頁後記會挨罵而心驚膽跳的作者。

……我的體質是從什麼時候開始變成連後記寫得少都會怕啊？這根本到霸凌末期了嘛。這不就是沒有人整我也會覺得不安的那種症狀嗎？

老實說，這次如果對內容物完全不做調整，後記就會變成十六頁……欸，太誇張了吧。神明到底想怎麼樣？在這裡寫個十六頁，或許會是不錯的搞笑哏，然而為此提高書的價格就絕不值得了！假如是最後一集倒還難說！

多虧如此，上回後記仍記憶猶新，我就對內容物做了調整。品牌崩壞啦……神啊，祢的新搗蛋手法也太會了吧……

那麼，篇幅已經快用完了，趕緊奉上謝詞。

仙人掌老師，這次同樣有您以精美插畫為作品增色，萬分感謝。很抱歉採用這種原本盡是校園戲，一轉眼就讓角色到處出遊而顯得有落差的寫作風格，往後還請多多指教。

接著是責任編輯。您對這次原稿的頭一句感想是：「教育旅行的戲碼，看了好難受。」但我完全無法理解那是什麼意思。畢竟正常來講，大家都是那樣過的喔。實際上我就是如此。從中刪除跟女主角之間的恩愛情節，就是一般的教育旅行了，起碼我們親愛的各位讀者都會有同感喔。理應如此才是。受不了。真希望我的責任編輯能培養基本常識呢！

最後，各位讀者，很抱歉這集成了描述「尋常無奇又開心的教育旅行」，都沒有起什麼風波的一集。我想下集開始又會在學校裡鬧得雞貓子喊叫，敬請期待！沒問題！第八集依舊是喜劇類作品喔！

所以嘍，請讓我們在下一集再會！

葵せきな

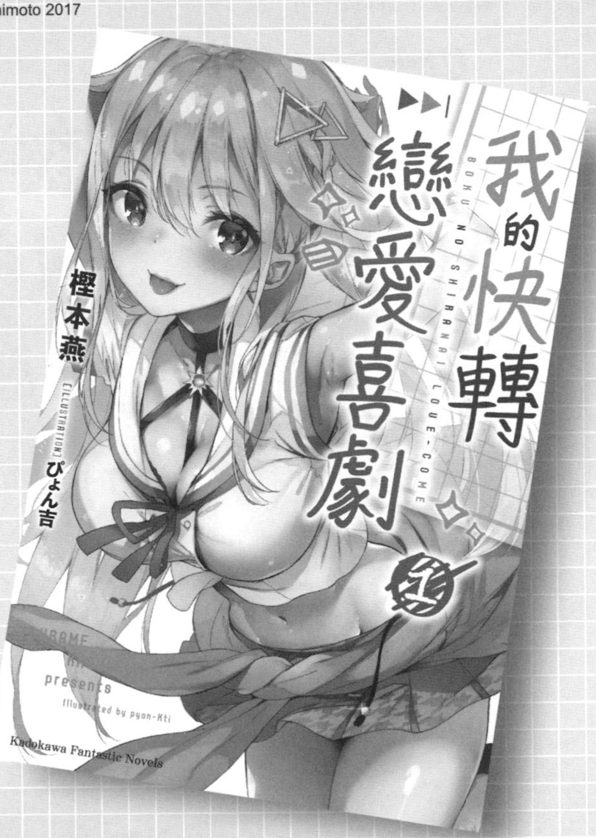

我的快轉戀愛喜劇 1 待續

作者：樫本燕　插畫：ぴょん吉

第13屆MF文庫J新人賞最優秀賞得獎作品！
戀愛＋快轉＝戀愛喜劇的新境界！

在遇過想盡快逃離現實的煩心事時，肯定會不禁心想，要是時間能快轉就好了。我——蘆屋優太就得到了這種能力！於是我活用快轉能力度日，沒想到不知不覺間就蹦出一個女朋友！對象還是班上的問題學生，柳戶希美？難道這場戀愛喜劇只有我被蒙在鼓裡？

各 **NT$220/HK$68**

本田小狼與我 1 待續

Kadokawa Fantastic Novels

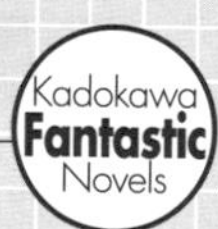

作者：トネ・コーケン　插畫：博

無依無靠的女孩子，和世上最優秀的機車，編織出一段友情物語。

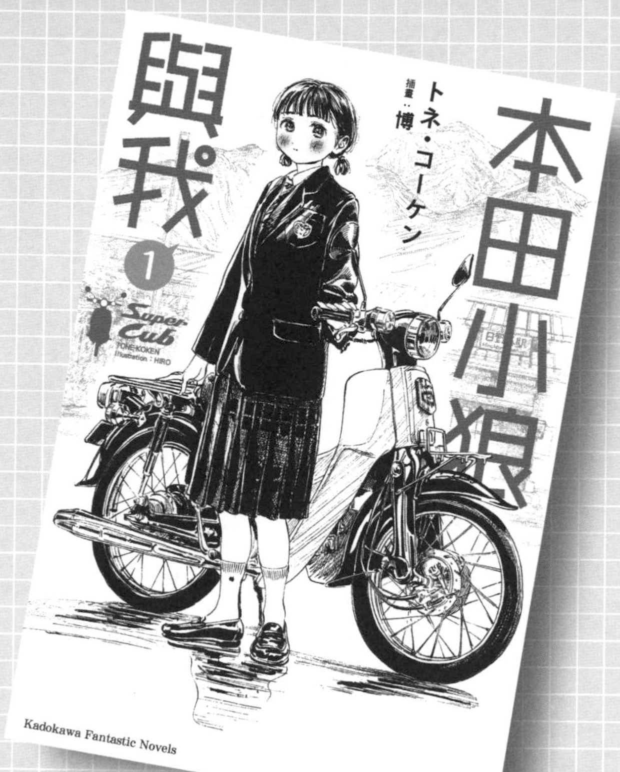

小熊就讀於山梨縣高中，舉目無親，也沒有朋友和興趣，這樣的她獲得了一輛中古的Super Cub。初次騎機車上學、沒油、繞路而行——讓她有種進行了小冒險的感覺。一輛Super Cub，讓她的世界綻放了小小的光輝。蔚為話題的「機車×少女」青春小說揭幕！

NT$200/HK$65

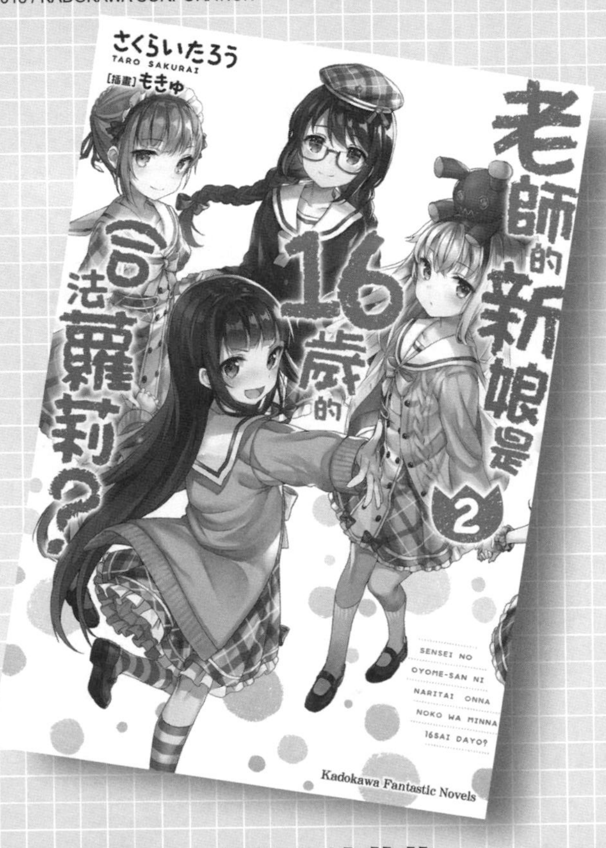

老師的新娘是16歲的合法蘿莉？ 1~2 待續

作者：さくらいたろう　插畫：もきゅ

新考驗！在八個蘿莉中找出兩個合法蘿莉！
胡鬧成分和角色都加倍的第二彈可愛登場！

將來想當小學老師的六浦利孝，其養父德田院大五郎有個經營服飾品牌的親生兒子宗一，為利孝帶來了新的考驗！他讓蘿莉未婚妻人選增加到八個，當中有兩個合法蘿莉，利孝至少得找出其中一個。史上最高難度的蘿莉輪盤戀愛喜劇第二集！

各 **NT$220/HK$68~73**

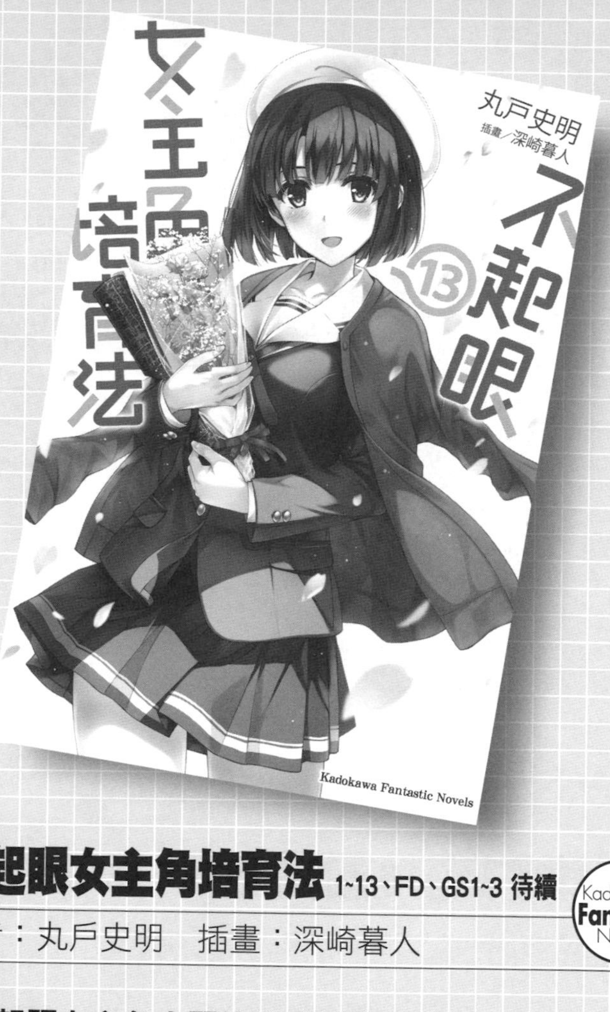

不起眼女主角培育法 1~13、FD、GS1~3 待續

作者：丸戶史明　插畫：深崎暮人

和不起眼女主角之間的戀愛故事，
堂堂完結！

　　克服「轉」的劇情事件，「blessing software」的新作也來到最後衝刺階段，而我下定決心向惠告白了。一切的一切，都起於那次在落櫻繽紛坡道上的命運性邂逅。儘管困難重重，正因為有同伴們一起逐夢，才得以彼此坦承的想法……

各 **NT$180~210/HK$55~65**

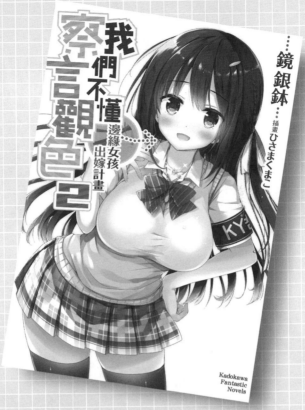

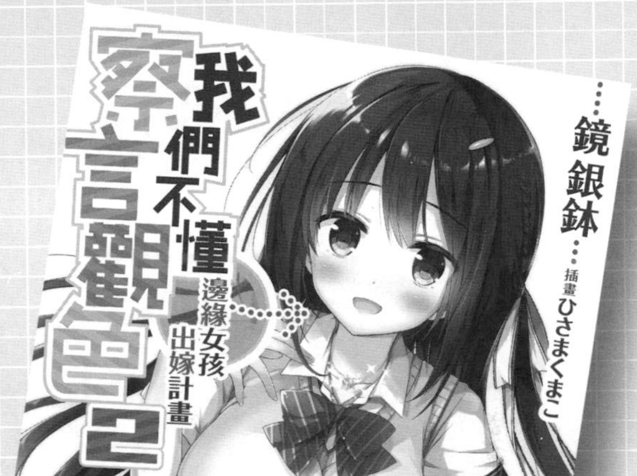

我們不懂察言觀色 1~2（完）

作者：銀 鏡鉢　插畫：ひさまくまこ

讓不懂察言觀色的我們籌劃婚禮？
自由自在的邊緣人們上演的學園破壞系愛情喜劇！

小日向刀彥無視在場氣氛的言行已稱得上是一種災害了。看不下去的學生會長下令，要他與同樣不懂得察言觀色的遺憾系美少女們組成志工社，學習人情世故。隨著解決委託而羈絆更加堅定的志工社，這次要在校慶上替班導師舉行婚禮!?

各 **NT$200/HK$65**

青春豬頭少年不會夢到紅書包女孩
鴨志田一
插畫 溝口ケージ
Kadokawa Fantastic Novels

青春豬頭少年不會夢到紅書包女孩

作者：鴨志田 一　插畫：溝口ケージ

酷似童星麻衣的小學生出現在咲太面前？
另一方面，咲太母親表達想見花楓一面……

咲太在七里濱海岸等待麻衣時，酷似童星時代的麻衣的小學生出現在他面前？此外，花楓事件之後就分開住的咲太父親傳達長年住院的母親「想見花楓」的心願。家人的羈絆，新思春期症候群的徵兆——劇情急轉直下的青春豬頭少年系列第九彈！

各 **NT$200~260/HK$65~78**

情色漫畫老師 1~10 待續

作者：伏見つかさ　插畫：かんざきひろ

在命運的後夜祭上……
戀愛與青春的校慶篇就此開始！

千壽村征撰寫出太過情色的小說新作，引發了騷動，使征宗被村征的父親麟太郎叫去！而征宗等人決定前往村征就讀的女校參加校慶。一行人在逛校慶的同時，梅園花充滿謎團的學生生活也逐漸揭曉！

各 **NT$180~250/HK$55~75**

1
しめさば
插畫／ぶーた
刮掉鬍子的我與撿到的女高中生
Kadokawa Fantastic Novels

刮掉鬍子的我與撿到的女高中生 1 待續

作者：しめさば　插畫：ぶーた

網路上大受歡迎的上班族 × JK同居戀愛喜劇，引頸企盼的書籍化！

二十六歲上班族吉田被單戀五年的對象給狠狠甩了。喝完悶酒回家的途中，他發現了一名蹲坐在路上的女高中生──「我會讓你搞，所以給我住。」「就算是玩笑，也別說那種話。」「那你免費讓我住。」和少女沙優的同居生活，就在情勢所趨之下展開了──

NT$220/HK$73

短篇小說創作集
妳我之間的15公分
Short Stories
15 cm between you and me
Kenji Inoue, the others & Miho Takeoka, the others Presents
作者 井上堅二 等
插畫 竹岡美穗 等
Kadokawa Fantastic Novels

短篇小說創作集妳我之間的15公分

作者：井上堅二 等20 人合著　插畫：竹岡美穗 等7 人合著

以15公分串聯起你我之間的無限可能……
由總數20名作家聯合執筆的短篇小說傑作集！

　　也許會發生於明天的，屬於你的「if」的故事。由《笨蛋，測驗，召喚獸》、《文學少女》等總數二十名作家聯合執筆，主題涵蓋「15公分」與「男女」這兩個題目。有懸疑、愛情、奇幻、運動或其他天馬行空的類型，20篇短篇小說傑作集！

NT$280/HK$93

P.S.致對謊言微笑的妳 1~2 待續

作者：田辺屋敷　插畫：美和野らぐ

榮獲第29屆Fantasia大賞〈金賞＋評審特別賞〉
鮮明強烈的科幻青春戀愛故事。

我與風間遙香真正邂逅了。一度取回的平靜生活卻沒有持續太久，某天我的手機開始收到奇怪的簡訊──「那個男的居然讓我扮成這羞死人的樣子……！」「希望正樹忘記浴室的事。」然而之後竟然發生與簡訊內容一樣的事情，簡直就像簡訊預知了未來……

各 **NT$200~220/HK$65~75**

國家圖書館出版品預行編目資料

GAMERS電玩咖!. 7, 電玩咖與接吻DEAD END / 葵せきな作 ; 鄭人彥譯 -- 初版 -- 臺北市 : 臺灣角川, 2019.09

面 ;　公分

譯自 : ゲーマーズ！. 7, ゲーマーズと口づけデッドエンド

ISBN 978-957-743-223-0(平裝)

861.57　　108011451

Kadokawa
Fantastic
Novels

GAMERS電玩咖！ 7

電玩咖與接吻DEAD END

（原著名：ゲーマーズ！7 ゲーマーズと口づけデッドエンド）

2019年9月26日　初版第1刷發行

作　　者：葵せきな
插　　畫：仙人掌
譯　　者：鄭人彥

發 行 人：岩崎剛人
總 經 理：楊淑媄
資深總監：許嘉鴻
總 編 輯：蔡佩芬
編　　輯：孫千棻
美術設計：李思穎
印　　務：李明修（主任）、張凱棋

發 行 所：台灣角川股份有限公司
地　　址：105台北市光復北路11巷44號5樓
電　　話：（02）2747-2433
傳　　真：（02）2747-2558
網　　址：http://www.kadokawa.com.tw
劃撥帳戶：台灣角川股份有限公司
劃撥帳號：19487412
法律顧問：有澤法律事務所
製　　版：尚騰印刷事業有限公司
ＩＳＢＮ：978-957-743-223-0